TOUT CE QUE VOUS NE DEVRIEZ JAMAIS SAVOIR SUR LA SEXUALITÉ DE VOS ENFANTS

Paru dans Le Livre de Poche :

FRÈRES ET SŒURS, UNE MALADIE D'AMOUR

ŒDIPE TOI-MÊME !

MARCEL RUFO

Tout ce que vous ne devriez jamais savoir sur la sexualité de vos enfants

ÉDITIONS ANNE CARRIÈRE

à Michel, mon père, le lion,
pour sa pudeur.

Avant-propos

Enfant, j'avais peur du lion.

A Toulon, notre petit appartement était situé sur le cours La Fayette où mes parents vendaient des fruits et des légumes. Tous les matins, vers 4 ou 5 heures, la rue commençait à retentir de bruits de fer inquiétants : à coups de masse, les commerçants plantaient les pieux des étals entre les pavés. J'avais peur de ce martèlement matinal, mais, heureusement, je savais que mon père prenait part à ce rituel et, à le savoir ainsi armé, en bas de la maison, j'avais l'impression qu'il pourrait nous protéger.

Hélas, mon père ne pouvait pas me protéger du lion...

Nous dormions dans une même pièce. Mes parents dans une alcôve près de la porte d'entrée, moi près de la fenêtre, séparé d'eux par un rideau vert mordoré que nous tirions le soir venu. Loin de me déplaire, cette promiscuité présentait bien des avantages, comme de ne pas aller me coucher avant eux et de pouvoir ainsi participer, ou tout au moins assister, à leurs conversations.

Ma chambre, mon royaume, était tout entière contenue dans un cosy, ce drôle de meuble aujourd'hui passé de mode. En haut, au-dessus de ma tête, des

vitrines dans lesquelles trônaient quelques emblèmes
de la gloire familiale : un prix de français ou de calcul,
et des soldats de plomb de Monaco, avec lesquels
je ne jouais jamais mais qui n'étaient cependant pas
dépourvus de valeur : vêtus de leur tunique blanche ou
bleue, coiffés de leur couvre-chef rouge, ils montaient
la garde, illusoire et hypothétique certes, néanmoins
rassurante. Sous le lit, de chaque côté, des tiroirs conte-
naient mes trésors et, entre les deux, j'avais installé un
camp d'Indiens qui, durant la journée, se livraient à de
vaillantes batailles contre des agresseurs menaçants.
Lorsque je me glissais dans mes draps, entre les éta-
gères et mes tiroirs à secrets, je me sentais à l'abri de
toute intrusion qui aurait pu gâcher mes nuits enfantines.

Pourtant, j'avais peur du lion...

Il arrivait sans prévenir, alors que tous les rituels du
coucher avaient été respectés. Je le reconnaissais à sa
respiration : un souffle rauque, puissant. Terrifié, je
l'imaginais avec ses griffes, sa gueule féroce, ses dents
monstrueuses, menaçant de surgir à travers le rideau
vert et de me dévorer. Parfois, le lion semblait perdre
de sa superbe et se fatiguer. Son souffle se faisait halè-
tement, mais cela ne suffisait pas à apaiser mes inquiétudes. Peut-être reprenait-il des forces afin de mieux
me déchiqueter ? Alors j'appelais ma mère, qui me
calmait invariablement d'un « Dors, il n'y a pas de
lion ». Je me taisais, malgré ma conviction que le félin
était là puisque je l'entendais. Si ma mère niait sa
présence, c'est qu'elle était sa complice, le protégeait.

Dans la journée, pour conjurer la peur nocturne, il
m'arrivait de reparler du lion, décrivant à ma mère,
comme pour mieux la persuader du bien-fondé de mes

craintes, sa respiration puissante, et aussi ce que j'espérais être un essoufflement. Après tout, ce n'était peut-être qu'un vieux lion fatigué et édenté dont je n'avais rien à craindre. « Cela ne te regarde pas », concluait ma mère, avouant ainsi, malgré elle, que le lion existait bel et bien et qu'elle était de mèche avec lui.

Il m'a fallu très longtemps pour comprendre ce que vous avez déjà compris sans doute, à savoir que le lion n'était autre que mon père, surpris dans des circonstances intimes qui ne me regardaient pas et au sujet desquelles ma mère avait bien raison de ne pas me donner d'explications. Peur du lion, peur du noir, peur de la dévoration, de la castration, de l'image paternelle, toutes ces peurs qui peuplent la petite enfance et que Freud considérait comme les maladies physiologiques de cette période de la vie organisent de manière très particulière notre développement sexuel. Pour moi, comme pour tout enfant, il était somme toute préférable d'avoir peur du lion plutôt que d'imaginer des choses proprement inimaginables. En effet, la sexualité des parents doit rester inconnue des enfants. L'inverse étant également vrai, je vous demande instamment d'oublier ce que je vais écrire dans ce livre, à tout le moins de ne jamais en faire état devant vos enfants afin de les laisser se construire sans jamais commettre d'infraction dans ce qui leur appartient et les constitue.

Car ils ont bien une sexualité. Si cette affirmation provoqua en son temps un tollé, nul ne songerait plus aujourd'hui à la contester : les enfants sont soumis à des pulsions sexuelles et recherchent des satisfactions de nature érotique... De cette période, chacun garde en soi des réminiscences très archaïques – je dis bien des réminiscences, et non des séquelles – dont il n'a même pas conscience, la sexualité infantile apparaissant alors comme la préhistoire de la sexualité adulte. L'une et l'autre ont en commun d'être mystérieuses et profondément intimes. La conquête de la sexualité, si elle suit certaines étapes incontournables, est toujours un parcours personnel, unique, une conquête d'autonomie, indissociable de la notion de liberté individuelle. C'est pourquoi tout ce qui y a trait me semble devoir être placé sous le signe du plus grand respect et de la plus grande pudeur, respect et pudeur partagés par les parents et les enfants.

J'ignore pour ma part quand j'ai cessé d'avoir peur du lion ; en revanche, je n'ai pas oublié mon cosy et garde une tendresse toute particulière pour ce meuble. Je prie cependant pour ne pas en trouver un chez un brocanteur, car je me verrais alors dans l'obligation de l'acheter. Or si, émotionnellement et affectivement, le cosy n'a pas de prix, je dois reconnaître qu'esthétiquement c'est plus discutable.

Introduction

Au risque de paraître enfoncer des portes ouvertes, je pose le postulat suivant : un garçon n'est pas une fille et une fille n'est pas un garçon. Il y a sur terre deux espèces qui ont des attitudes, des positions et des dispositions radicalement différentes et qui essaient de vivre ensemble, côte à côte. Dans le fond, ce livre va s'attacher à suivre le développement de ces deux espèces pour mieux tenter de les définir et permettre de comprendre comment on devient une fille ou un garçon.

Lorsque je travaillais en neuropédiatrie, j'ai reçu un homme, médecin, avec sa petite fille. Âgée de 9 mois, Anaïs était très lourdement handicapée, atteinte depuis la naissance d'une encéphalopathie épileptique qui entraînait un retard considérable de son développement et de ses compétences. Cette affection terrible se double, dans neuf cas sur dix, d'une psychose infantile. Les manifestations cliniques de sa maladie étant traitées médicalement, la fillette retrouvait un semblant de calme, réussissait à se tenir un peu mieux, mais sa relation à l'objet restait très perturbée, ce qui est l'un des fondements de la psychose. Elle n'accrochait pas le regard, ne tendait pas la main pour attraper et rejeter les objets qu'on lui tendait, montrant ainsi qu'elle ne percevait pas le monde comme différent d'elle-même et n'accédait pas au statut de sujet.

J'ai suivi cet homme et sa petite fille pendant des années.

Ce père, très présent, très attentif, avait une passion : la marche en montagne. L'été, il partait marcher, portant sa fille sur son dos ou sur ses épaules. Souvent, lors des crises, Anaïs se souillait et mouillait son père. « Vous ne pensez pas qu'elle essaie ainsi de me parler ? » interrogea-t-il un jour, exprimant par là sa difficulté, son impossibilité à admettre que sa fille ne lui « parle » pas, comme s'il refusait l'idée, insupportable, qu'elle ne soit pas consciente au monde, donc pas consciente à lui, son père.

Anaïs devait avoir une dizaine d'années lorsqu'il me demanda si je connaissais quelqu'un à qui il pourrait la confier pendant les vacances, afin de profiter de ses autres enfants qu'il délaissait un peu pour se consacrer à cette fille handicapée qui réclamait attention et soins permanents. Je l'envoyai donc à un éducateur exceptionnel, qui dirigeait une institution pour handicapés dans les Cévennes. Celui-ci le reçut, discuta longuement avec lui du cas d'Anaïs et accepta finalement de l'accueillir pendant quelque temps dans son établissement. Allez savoir pourquoi, sans doute parce que la séparation était pour lui insupportable, le père garda sa fille avec lui. Deux ans plus tard, elle mourut des suites d'une crise plus violente que les autres. Son père vint alors pour me remercier. Non pas, comme l'on aurait pu s'y attendre, de l'avoir accompagné durant toutes ces années ; il me remerciait de lui avoir présenté cet éducateur dans les Cévennes. « C'est le seul qui ait accepté ma fille telle qu'elle était, comme moi je l'acceptais », me dit-il.

L'histoire, si triste, n'en est pas moins exemplaire. L'enfant handicapé est un enfant amputé. Selon la nature et la gravité de son handicap, il est amputé de ses capacités intellectuelles ou physiques, de sa sociabilité, de son autonomie. Parfois amputé de son identité sexuée[1]. Amputé de sa sexualité. L'enfant qui naît ignore toujours son sexe ; certains, comme Anaïs, n'en prendront jamais conscience. Elle n'est jamais devenue petite fille, au sens sexué du terme, et pourtant son père la voyait comme telle, parce qu'elle était chromosomiquement et anatomiquement fille.

Durant toutes ces années d'accompagnement, je n'ai que très peu vu la mère. Parce qu'elle avait compris, elle, que son enfant était handicapée. Et parce que les histoires d'amour, dans les familles, se jouent toujours entre père et fille, mère et fils. Dans le fond, cet homme avait pour sa fille la même préoccupation, le même désir, la même réserve d'espérance que tous les papas du monde, alors que le syndrome d'Electre lui était interdit, à savoir que sa fille ne serait jamais amoureuse de lui puisqu'elle n'était pas tout à fait une petite fille. Il n'empêche que lui était amoureux d'elle et ne demandait qu'à croire qu'elle cherchait malgré tout à capter son attention, notamment en faisant pipi sur ses épaules.

Je me suis toujours gardé de lui dire que ce n'était

---

1. Il faut ici distinguer les deux adjectifs, sexuel et sexué. Sexuel se rapporte au sexe en tant que réalité organique, physique ; sexué se rattache à un choix psychique, d'ordre identificatoire et symbolique.

pas dans un désir de communication, mais parce qu'elle restait à un stade cloacal d'indifférenciation sexuelle. Au début de la vie embryonnaire, l'intestin, les voies urinaires et les voies génitales, indifférenciés, forment le cloaque. La fonction urinaire, la fonction de défécation et la fonction sexuelle sont donc un temps confondues, avant de devenir indépendantes les unes des autres. Chacune marquera une étape importante du développement de l'enfant. Dans le cas d'Anaïs, qui n'accède pas à la conscience psychologique de son sexe, se mouiller m'apparaît davantage comme un équivalent prémasturbatoire que comme un désir de relation. Mais pourquoi aurais-je dû détruire l'espoir de ce père ? Son amour pour sa fille, il l'a prouvé de façon éclatante en me remerciant de lui avoir présenté cet éducateur des Cévennes. N'a-t-il pas entrevu en lui le gendre imaginaire qu'il n'aurait jamais, l'homme susceptible d'aimer sa fille comme lui l'aimait ?

Des parents arrivent un jour avec leur bébé d'un peu moins d'un an, emmailloté dans son couffin, et qui vient d'être opéré pour une ambiguïté sexuelle. « Il » est né chromosomiquement garçon, puisque XY, mais avec des organes génitaux empruntant aux deux sexes, en l'occurrence un clitoris comme un petit pénis, un microvagin, mais pas d'utérus ni d'ovaires, et un testicule dans l'abdomen. Dans ce cas, il est toujours plus facile de transformer le bébé en fille, même si le terme facile semble impropre, tant l'ambiguïté sexuelle engendre de difficultés à s'identifier sexuellement. Mais, chirurgicalement parlant, l'opération est plus simple, d'autant que le testicule risque, à l'adolescence, de dégénérer sur un mode cancéreux.

Je verrai l'enfant d'abord avec sa mère, très dépressive du fait de la transformation de son fils en fille. Quand elle aura accepté cette réalité, je ne la verrai plus. C'est le père qui viendra aux consultations, toujours attentif, toujours inquiet, toujours préoccupé.

La petite fille – appelée Dominique, prénom judicieusement choisi à la naissance pour éviter les changements d'état civil qui en rajoutent dans la souffrance – évolue bien : intelligente, voire brillante, elle est toujours première de sa classe, a de bonnes relations avec ses pairs, même si elle adopte parfois un comportement de garçon manqué et veut pratiquer des sports plutôt masculins, comme la boxe et le karaté. Mais, au début de l'adolescence, voilà qu'elle commence à faire preuve d'une très vive agressivité vis-à-vis des garçons, avec lesquels elle se bat pour un oui, pour un non. Je m'inquiète : fait-elle une bouffée délirante ou présente-t-elle un trouble de l'identification qui peut invalider son avenir ? Je demande donc qu'elle passe un test de personnalité. La psychologue de mon service, qui ignore tout de l'histoire de cette fillette, conclut son bilan ainsi : « Il y a quelque chose d'organique, un trouble de la sexualité. Le test montre une ambiguïté sexuelle. »

L'agressivité se calme quand la jeune adolescente tombe amoureuse d'un garçon de sa classe. Pour lui déclarer sa flamme, elle lui envoie des BD ahurissantes, dans lesquelles elle met en scène, avec beaucoup de précision, des relations sexuelles entre elle et le dénommé Martin, montrant ainsi qu'elle le « veut », et pas seulement comme copain. Le gamin, sans doute beaucoup moins mûr qu'elle et paniqué par la crudité de la sexualité qu'elle exprime, la traite alors de « mongole ». Lorsque je tente, au cours d'une consultation, de lui expliquer ce que son attitude peut avoir de dérangeant pour un garçon de son âge, elle a cette réponse extraordinaire : « Si vous croyez que c'est facile d'être ambiguë ! » Comme si elle sentait confusément, inconsciemment, l'ambiguïté dont elle a été opérée alors qu'elle avait à peine 10 mois.

C'est donc à ce moment-là que l'on va lui révéler l'histoire de sa naissance. Certains me rétorqueront qu'il aurait mieux valu le lui dire dès son plus jeune âge, mais les médecins qui la suivaient, ses parents et moi-même avions décidé que mon rôle consistait à l'accompagner pour l'aider à se sentir le mieux possible dans sa peau. Il faut dire ici que Dominique doutait beaucoup d'elle-même, se trouvant moche, disgracieuse, sentiment renforcé par une constitution et une ossature plus masculines que féminines. En revanche, à l'adolescence, on ne pouvait plus faire l'économie de lui raconter son histoire, puisqu'elle devait subir encore des interventions, notamment des dilatations vaginales afin de lui permettre d'avoir des relations sexuelles, même si, du fait de son absence d'ovaires, elle resterait définitivement stérile.

Heureusement très rare, l'ambiguïté sexuelle ou trouble de la différenciation sexuelle se présente sous différentes formes. Notons au préalable que tout embryon est sexuellement bipotentiel. Ce n'est qu'à partir de la sixième semaine de gestation que la gonade primitive se détermine en ovaire ou en testicule. La coexistence d'organes de reproduction des deux sexes (ovaires et testicules) à la naissance caractérise ce que l'on appelle hermaphrodisme pur ou hermaphrodisme vrai, le plus rare. On distingue également un pseudo-hermaphrodisme féminin, un déficit d'androgènes (hormones mâles) entraînant une féminisation du fœtus, et un pseudo-hermaphrodisme masculin, lorsqu'une production excessive d'androgènes conduit au contraire à une masculinisation du fœtus, ce qui est le cas dans l'histoire qui nous occupe ici.

Ainsi Dominique était-elle chromosomiquement un garçon, mais transformée en fille par la chirurgie et élevée comme telle par ses parents et l'ensemble de son environnement (pour ma part, je n'ai jamais eu le moindre doute sur le fait qu'elle était bien une fille, ni la moindre tentation de la considérer comme un garçon), elle se sentait psychologiquement fille, était attirée sexuellement par les garçons. L'éducation, le social jouent ainsi un rôle dans notre identification sexuée. Sans doute est-ce son père qui a eu le plus de mal à faire le deuil du garçon qu'elle avait été. Il était castré, castré de son propre sexe, du fils sur lequel il aurait pu se projeter et qui aurait réalisé tout ce qu'il n'avait pas réussi lui-même. Sans doute aussi est-ce pour se conformer au désir non formulé du père que la fille a eu un surinvestissement cognitif, se montrant brillante dans ses études comme certains croient encore que seuls les garçons peuvent l'être. Mais elle n'a jamais pu être le garçon qu'il avait perdu, s'affirmant fille, puis femme dans ses choix de vie et de sexualité.

Il a 6 ans, joue avec des poupées... Je conclus que, très probablement, il montre là un choix précoce d'homosexualité, choix « involontaire », sans doute dû à un traumatisme qui n'est pas gardé dans la mémoire consciente. Pourtant, j'ai un doute sur mon diagnostic lorsque la mère me déclare que son fils se prend pour une fille. Ce n'est pas le fait des homosexuels petits : certes, ils préfèrent jouer avec et comme les filles, trouvent souvent les garçons un peu bêtes, un peu brutes, mais ils ne prétendent jamais être une fille.

Je vais le prendre en charge depuis ses 6 ans et jusqu'à ses 18 ans, considérant malgré tout son homosexualité comme acquise et veillant à ce qu'il en souffre le moins possible.

Alors qu'il aborde l'adolescence, vers 11, 12 ans, ses copains commencent à se ficher de lui sans aucune indulgence, le traitant de « tapette » et de « fiotte ». La cruauté des moqueries le laisse curieusement de glace : « Ça m'est égal, dit-il. La nature s'est trompée, je suis une fille. » Il est évident, en tout cas pour lui, que son attirance pour les garçons n'est pas signe d'homosexualité : s'il aime les garçons, c'est justement parce qu'il est une fille. Il ira jusqu'à me dire un jour : « Les homosexuels ne sont tout de même pas très clairs... »

Peu avant ses 18 ans, il réclamera un traitement hormonal pour amorcer sa transformation en femme, traitement qui lui sera refusé. Inscrit dans une école de coiffure où il semble avoir trouvé sa voie, il demandera, après sa majorité, une opération destinée à lui donner le sexe qu'il croit être le sien. Son père, maçon d'origine étrangère, aura alors cette phrase superbe : « Si c'est ce qu'il faut pour qu'elle soit heureuse », montrant ainsi qu'il avait déjà accepté les choses.

C'est en 1953 qu'a été pratiquée, au Danemark, la première opération visant à transformer un homme, en l'occurrence un GI de l'armée américaine, en femme, et c'est au chirurgien Harry Benjamin que l'on doit le mot « transsexualisme », désigné également sous le terme de syndrome de Benjamin.

Le transsexualisme est un trouble de l'identité sexuée, un trouble extrême de l'identité de genre, avec conviction de son appartenance à l'autre sexe. Autrement dit, il y a décalage entre l'anatomie et le ressenti, entre le sexe biologique et le sexe psychologique. Le sexe anatomique est conforme à l'équipement chromosomique, mais il y a trouble de l'identité sexuée. On ignore encore les causes de ce qui apparaît comme une psychose, ou une construction délirante. Certains en appellent à la biologie, évoquant une imprégnation hormonale particulière, une structure cérébrale identique à celle de l'autre sexe. D'autres invoquent des causes psychologiques, comme Colette Chiland, psychiatre et psychanalyste : « Le garçon, comme la fille, a vécu une situation traumatisante à répétition dont il a attribué l'origine à son sexe et qu'il a tenté de surmonter en rêvant qu'il pourrait appartenir à l'autre sexe [1]. »

Le plus souvent, le transsexualisme ne se manifeste que chez le jeune adulte, plus rarement dès la petite enfance comme dans l'histoire racontée plus haut. Dans ce cas, l'enfant est souvent perturbé dans sa scolarité, ses activités ludiques et ses relations, mais c'est surtout la puberté qui est source de souffrance et de fragilité : le garçon, efféminé, se fait traiter de « pédé » ou de « tapette », ainsi que l'on vient de le voir, ou, s'il tend à cacher son délire, ne se sent aucun goût pour partager les activités des adolescents de son âge, notamment les courses à moto et la chasse aux filles, comme le souligne encore Colette Chiland ; la fille, elle, a tendance à cacher son corps qui se transforme et trahit son appartenance à un sexe qu'elle refuse. Si

---

1. In *Changer de sexe*, Editions Odile Jacob, 1997.

les adolescents transsexuels montrent des tendances dépressives et suicidaires, souvent accompagnées de passage à l'acte, c'est sans doute qu'ils ont pensé, durant toute leur enfance, qu'ils changeraient de sexe presque miraculeusement, la nature venant alors corriger son erreur de départ. La puberté vient leur rappeler douloureusement que le miracle escompté ne se produira pas.

Quand le refus du sexe anatomique ou sexe d'assignation est apparu dans la petite enfance, seul un petit nombre présentera, à l'âge adulte, un ensemble de symptômes correspondant au transsexualisme. Les trois quarts des garçons deviendront homosexuels ou bisexuels, mais le trouble de l'identité de genre aura disparu. Un quart deviendra hétérosexuel, après une transformation chirurgicale qui est, pour l'homme, une véritable castration, mais qui permet enfin de se reconnaître de son sexe.

Bien que rares, pathologiques, un peu outrées, ces trois histoires donnent un éclairage tout à fait intéressant sur ce qu'est la sexualité. On naît avec un sexe, mais il s'agit d'un sexe chromosomique. Toute l'histoire de l'enfant va consister à devenir fille ou garçon, femme ou homme, c'est-à-dire à affirmer son identité sexuée, à partir de quelque chose qui est de l'ordre de l'anatomie, mais qui se construit aussi sur un plan psychique, psychologique, cognitif, relationnel, sociologique. On naît XX ou XY, mais c'est dans une adhésion au monde, dans une façon d'être au monde que se font l'identité sexuée et la sexualité.

Naître

Longtemps, nos petits ont été des anges le temps de la grossesse. Des êtres sans sexe donc, sur lesquels les parents projetaient leur imaginaire. Aujourd'hui, dès le troisième mois de vie *in utero*, ils ne sont déjà plus des anges, mais un garçon ou une fille, puisque l'échographie permet désormais de connaître le sexe de l'enfant à naître.

L'un de mes maîtres, Michel Soulé, et moi avions écrit, il y a de longues années de cela, un article sur l'échographie, à laquelle nous reprochions alors de constituer ce que nous appelions une IVF, interruption volontaire de fantasme. Comme beaucoup de psychiatres, nous pensions que la connaissance du sexe de l'enfant amputait le travail imaginaire des parents. Force est de reconnaître que nous nous trompions : la matérialisation précoce du sexe n'interrompt ni le fantasme ni la projection. Fille ou garçon, l'enfant à naître est toujours une surprise : un être autonome, original et qui ne ressemble jamais à celui que les parents ont imaginé neuf mois durant.

Dans les années 1980, nous avons mené, une collaboratrice et moi, un travail sur le climat psychologique régnant lors des amniocentèses afin de mieux cerner les inquiétudes des futurs parents et leur façon d'y faire face, soutenus par les gynécologues et les généticiens. Je me souviens d'un couple en particulier. L'examen se déroulait sans heurt, jusqu'à ce que le médecin en arrive à la coupe au niveau de l'entrejambe du bébé. Il dit alors aux parents : « Là, on peut désormais envisager le sexe de l'enfant. Le risque d'erreur existe, mais il est très faible. Voulez-vous savoir ? » Les parents acquiescent. « C'est une fille », annonce le gynécologue. A ce moment-là, la mère éclate en sanglots. Dans un premier temps, elle ne peut pas parler, puis refuse de dire le pourquoi de ses pleurs. Alors que l'examen se termine, elle lâche enfin : « Elle était si jolie... » Aussitôt, j'ai pensé qu'elle avait peur que l'aiguille utilisée pendant l'amniocentèse ait pu faire du mal à sa petite fille, crainte très répandue chez les mères qui subissent cet examen.

Ce n'est qu'un peu plus tard que cette femme m'a expliqué sa réaction : quelques années auparavant, elle avait subi une IVG, le couple, trop jeune, ne souhaitant pas avoir d'enfant. L'amniocentèse réactualisait cette intervention passée, renvoyant la mère à la fillette qu'elle avait alors entrevue, fillette purement imaginaire puisque, bien sûr, l'IVG ne révèle jamais le sexe de l'enfant. L'amniocentèse servait à présent de support à ses projections fantasmatiques : le sexe du bébé à venir, et même ici l'anticipation de ce sexe, était fonction de son histoire personnelle, la mère hallucinant ses relations difficiles et conflictuelles avec sa propre mère.

C'est peu de dire que le petit garçon et la petite fille ne naissent pas « vierges ». Ils sont porteurs d'une histoire parentale, sexuée et sexuelle. Là réside une des grandes différences entre l'homme et l'animal. Nous sommes sans doute des animaux raisonnables, comme le disait Platon, mais aussi des animaux dotés d'un capital historique et fantasmatique extrêmement important. Plus ou moins consciemment, tous les parents font des projections sur leurs enfants. C'est incontrôlable, inévitable et il n'y a pas lieu d'en éprouver une quelconque culpabilité puisque l'enfant a aussi besoin de ces rêves et de ces désirs parentaux pour se construire. Le psychiatre anglais Donald Winnicott disait très justement : « De l'hallucination des parents va naître la personnalité de l'enfant. » Le bébé qui naît est emmailloté dans les projections dont on l'entoure et qui vont l'aider à grandir. Le bébé est un avenir. On anticipe toujours ses progrès, son développement. Il gazouille et déjà on l'entend parler, il se tient à peine debout qu'on le voit marcher, et son entrée en maternelle n'est qu'une pâle répétition de son entrée au CP, voire de sa carrière de polytechnicien. C'est pour cela que les parents oublient ses premiers mois et ont recours à tous les subterfuges possibles, de l'album de naissance au caméscope, pour tenter de s'en souvenir. J'entends déjà certaines mères prétendre qu'elles se rappellent tout, premier sourire, première dent, premier éclat de rire, presque jour après jour, et me reprocher d'être dépourvu d'instinct maternel – ce qui est vrai ! Je suis pourtant prêt à parier qu'elles se souviennent plus sûrement de leurs hallucinations et de leurs projections que du bébé lui-même.

Ces projections sont toujours fonction d'une histoire personnelle que l'on cherche à revivre quand elle a été bonne, mais que l'on souhaite le plus souvent réparer, rattraper, améliorer... Pour son enfant, on n'imagine que le meilleur, la quasi-perfection, la réussite dans tous les domaines, y compris dans sa sexualité, même si on ne le formule pas explicitement. Comme si cela allait de soi. Comme si, en nous permettant de romancer notre histoire et notre sexualité, nos enfants étaient une revanche sur ce que nous avons vécu – ce que nous vivons encore – et qui est toujours un peu en deçà de nos rêves. « L'amour des parents, si touchant et, au fond, si enfantin, n'est rien d'autre que leur narcissisme qui vient de renaître et qui, malgré sa métamorphose en amour d'objet, manifeste à ne pas s'y tromper son ancienne nature », écrit ainsi Freud dans *Pour introduire le narcissisme*. Peut-être qu'aimer ses enfants, c'est aimer son propre passé, y compris dans ses manques, dans ses difficultés, dans ses ratés, afin de ne pas les transmettre en héritage et d'éviter cette répétition du malheur dont certains ont voulu nous faire croire qu'elle était inéluctable.

Dans quelques années, les couples choisiront sans doute le sexe de leur enfant, en fonction de leurs désirs. En attendant, une grande majorité d'entre eux demande à le connaître avant la naissance. Il serait intéressant de s'interroger sur les 5 à 10 % qui refusent de le savoir, se contentant de l'imaginer en écoutant les prédictions un peu hasardeuses de grand-mères d'une autre époque : « Tu portes en avant, ce sera un garçon... » Faut-il voir dans ce refus la peur de briser trop tôt un rêve intime, ou le respect du mystère de l'enfant à venir ? Pourtant, que ce soit pendant la grossesse ou au moment de la naissance, les uns et les autres n'ont d'autre choix que de s'adapter au sexe de leur enfant.

J'ai déjà raconté que ma fille était née « étonnée ». Sa mère avait dû subir une césarienne et, le médecin ayant un peu forcé sur l'anesthésie générale, le bébé est né légèrement sonné et a dû être ventilé. Nous ignorions son sexe. C'est le réanimateur qui a dit « la petite fille », attestant par ces mots le viol précoce du regard des médecins qui voient le sexe de nos enfants avant nous.

A l'époque, sous prétexte de garder les nourrissons à la bonne température, on n'avait rien trouvé de mieux que de les emmailloter dans de l'aluminium, les transformant, l'espace de quelques heures, en sandwich au jambon un peu remuant. Etant resté un moment près de ma femme, je souhaitais voir notre petite fille et suis parti à sa recherche dans le service de pédiatrie. Là, j'ai croisé une puéricultrice tenant un nouveau-né dans ses bras. Je la saluai en m'exclamant : « Oh, le petit joli garçon ! » Sauf que, comme me l'apprit la puéricultrice, ce joli petit garçon était... ma fille. La suite devait d'ailleurs me le prouver puisque Alice est bien devenue une fille.

La remarque m'a pourtant agacé, comme elle agace la jeune maman qui, promenant fièrement son petit garçon, entend une inconnue s'exclamer devant le landau : « Oh, la jolie petite fille ! » – et inversement. Cette confusion induit une ambiguïté sexuelle possible, donc insupportable, en même temps qu'elle fait écho à notre propre ambiguïté par rapport à ce sexe auquel nous avons eu parfois du mal à nous adapter mais que nous considérons désormais comme une évidence.

Au début, tous les couples rêvent simplement d'avoir un enfant. Puis ils se retrouvent avec un garçon ou une fille, le sexe prenant en quelque sorte le pas sur l'enfant. Mais ils ignorent sans doute que c'est aussi à travers leur croyance en ce qu'ils sont, à travers une façon de les regarder, de les porter, de les nourrir, de les élever, que leurs petits garçons et leurs petites filles vont conquérir leur identité sexuée.

Sourire

A la naissance, tout le monde, à commencer par les parents, s'extasie sur ce beau petit garçon ou cette ravissante petite fille qui vient de pousser son premier cri, et chacun cherche déjà des ressemblances qui viendraient renforcer la filiation de manière physique, charnelle. Mais le bébé, lui, ignore totalement qu'il est garçon ou fille. Je défie quiconque lisant ces lignes de dire : « Mais si, au dixième jour, je savais que j'étais un garçon. » C'est impossible. Car avant d'exister en tant que sujet, puis sujet sexué, le bébé est tout entier confondu dans la relation à la mère, une relation fusionnelle dans laquelle il ne la perçoit pas comme différente de lui.

Le bébé n'existe que dans le regard de sa mère. Laquelle n'existe que dans le regard que lui renvoie son enfant. Il est compétent des compétences qu'elle a elle-même fabriquées, biologiquement, *in utero*. Et puisqu'il y a été en quelque sorte formé, il y réagit en émettant des signaux. Ainsi le bébé reconnaît-il l'odeur de sa mère, le goût de son lait et le son de sa voix, même si, contrairement à ce que certains ont pu prétendre, il ne comprend pas ce qu'elle dit. En revanche, il est sensible au rythme, à la prosodie, à tout un aspect presque matériel du langage maternel. La mère, elle, est entièrement spécialisée pour le bébé ; non pas tous les bébés, mais son bébé à elle avec lequel elle a déjà une longue histoire commune.

Dans les années 1980, nous avions mené une étude en service de néonatalogie. Elle portait sur 64 enfants et était destinée à mettre en évidence l'importance du sourire chez les prématurés. Il faut dire ici la passion des psychiatres et de tous les spécialistes de la petite enfance pour la néonatalogie : l'observation du fœtus *in utero*, aussi perfectionnée soit-elle grâce aux progrès de l'échographie, en couleurs, en trois dimensions, n'offrira jamais les mêmes possibilités que celle des prématurés. Il s'agit alors d'une observation *in vivo* d'enfants nés avant terme, de ce que l'on appelle des grossesses à ventre vide, non terminées, et qui posent un certain nombre de questions.

Précisons d'entrée de jeu que, vers le huitième mois de grossesse, la phase du sommeil paradoxal – celle pendant laquelle on rêve – est plus importante chez l'enfant du fait de son immaturité cérébrale. Des hypothèses de recherche supposent d'ailleurs qu'il y aurait, durant la grossesse, synchronie entre le sommeil paradoxal de la mère et celui de son bébé, l'une et l'autre rêvant en même temps. Si le rêve est bien, comme le prétendait Freud, un scénario imaginaire figurant l'accomplissement d'un désir le plus souvent inconscient, on imagine combien la synchronie de rêve peut favoriser la transmission des émotions, des désirs, de tout un inconscient maternel. Si le bébé prématuré n'est plus en synchronie avec sa maman, il n'en demeure pas moins que, de façon assez poétique, il naît en rêvant. Et voilà que, lorsqu'il s'endort, il a un clignement de la paupière, accompagné d'un léger mouvement des commissures des lèvres, une sorte de rictus. La mère – mais aussi le père, bien entendu – peut interpréter comme un sourire ce qui n'est encore qu'un signal neurologique. Dans ce cas, elle prend le bébé dans ses bras, lui murmure des mots tendres... et, en fin de compte, le réveille. A force d'être ainsi réveillé chaque fois qu'il s'endort, le bébé va comprendre l'intention de ses parents et réagir, cette fois intentionnellement, par un sourire réponse [1].

Dans l'étude que j'évoquais, nous avions distingué trois groupes de parents. Dans le sourire neurologique de leur enfant, les premiers ne voyaient qu'une grimace à laquelle ils n'accordaient aucune valeur particulière. Les seconds hésitaient : parfois, il leur semblait que le bébé leur souriait, établissant ainsi une relation avec eux ; parfois, ils n'arrivaient pas à se persuader que le rictus était un sourire et n'y réagissaient pas. Enfin, les troisièmes étaient persuadés que ce sourire avait une signification bien précise : le bébé les reconnaissait, il y avait entre eux échange et communication.

Après leur séjour en néonatalogie, certains de ces enfants étaient par la suite réhospitalisés. Fait remarquable, 16 % d'entre eux ne présentaient pourtant aucun trouble organique ; en revanche, leurs parents appartenaient au premier groupe décrit plus haut, ceux qui n'avaient pas interprété le signal neu-

---

1. Remarquons ici qu'il arrivait aux prématurés de sourire même au cours de soins douloureux, prouvant ainsi que lorsqu'on ne perçoit pas le monde comme différent de soi, lorsque ce monde est informe, l'agression peut être interprétée comme une bonne relation. C'est ce qui se passe avec les enfants battus qui confondent coups et marques d'intérêt et d'affection.

rologique comme un sourire. Tout se passe donc comme si la relation que les parents hallucinent entre leur bébé et eux-mêmes protégeait le premier de troubles ultérieurs. L'enfant est investi par rapport à son sourire qui apparaît comme sa première manifestation de sociabilité à l'égard de son environnement proche. Bien sûr, il en existe d'autres : le dialogue tonique, l'ajustement, la façon d'accrocher le regard, les cris, le babil... Tous ces signaux traversent également le monde animal, mais il en est un spécifiquement humain, c'est le sourire.

Ce sourire constitue ce que René Spitz désigne comme le premier organisateur du psychisme de l'enfant : le sourire intentionnel, aux alentours de 3 ou 4 mois, marque le début de la reconnaissance de la mère comme objet d'amour. Ce premier organisateur apparaît aussi comme un signe d'optimisme en néonatalogie : le sourire, signal neurologique, prouve en fait que le cerveau fonctionne bien. Si le bébé sourit, c'est qu'il est en bonne santé, donc il sera normal, donc il sera heureux. On le touche, on le berce, on chantonne à son oreille, réintroduisant ici une dimension poétique dans le monde hypertechnique et hypermédicalisé de la néonatalogie. Par le sourire, les parents se réapproprient leur enfant.

Durant toute la vie, ce sourire ne va cesser de se transformer, de s'améliorer. On sourit avec sa bouche, mais aussi avec ses yeux, c'est tout le visage qui s'anime et le corps suit, créant la communication, l'apaisement, le plaisir. Le sourire fait partie de la sexualité et, dès les tout premiers temps de la vie, il est sexué, car on ne sourit pas de la même façon à une fille ou à un garçon.

Les parents qui souriaient à leur enfant prématuré l'investissaient comme fille ou garçon, posant ainsi les bases de son identité sexuée ; ceux qui ne réagissaient pas à ce signal neurologique abandonnaient en quelque sorte leur enfant aux soignants : il n'était plus ni garçon ni fille, mais un prématuré, presque asexué, auquel on reprochait inconsciemment d'avoir empêché le processus de la grossesse dans sa totalité.

Téter / mordre

C'est une femme d'une trentaine d'années qui attend son premier enfant. La grossesse se déroule sans heurt, mais, à la naissance, voilà que la mère présente des symptômes délirants, avec vœux de mort sur son bébé. Il est, dit-elle, l'enfant du diable. En le détruisant, elle protégera le monde...

Ce que l'on appelle psychose puerpérale parce qu'elle se déclenche au moment de la naissance, sans signes avant-coureurs, est une forme de psychose aiguë, le plus souvent passagère et qui n'hypothèque pas l'avenir. Elle peut cependant être très violente, agressive, toute l'agressivité de la mère se retournant ici contre son enfant, ce qui implique de ne jamais les laisser seuls, psychiatres, infirmières et puéricultrices se relayant sans cesse à leurs côtés.

Il nous semblait pourtant essentiel de créer un lien entre la mère et son enfant, afin de protéger la suite de leur histoire. Au bout de quelques jours, la première semblant aller un peu mieux, nous arrêtons les neuro-leptiques pour faire une tentative d'allaitement maternel. Mais à peine a-t-elle mis le bébé au sein qu'elle le jette violemment en protestant : « Il a voulu me déchirer car il a déjà des dents que vous ne voyez pas, les dents du diable... »

Pourquoi créer une interaction avec une mère toxique ? Parce que l'on pense que le bébé tire toujours des bénéfices, même limités, du contact avec celle qui l'a porté et qu'il reconnaît grâce à l'odeur, à la voix. Parce que ce contact est le socle même de l'interaction qui est un effet miroir, un dialogue, un jeu à deux : la mère émet des signaux – biologiques, organiques, mais aussi des signaux de communication et de relation –, le bébé les reproduit, la mère les repère, y répond... et ainsi de suite. Ce n'est pas l'un qui capte l'autre, il y a double captage, double branchement, et c'est grâce à cela que le bébé va faire les gammes de sa personnification et de son individualité.

Si les psychiatres sont d'inconditionnels partisans de l'allaitement maternel, c'est parce qu'ils considèrent que la mère finit ainsi un travail entamé neuf mois plus tôt : on pourrait dire que la relation sexuelle fait la grossesse, la grossesse fait l'enfant et l'allaitement fait mère. Il constitue sans aucun doute l'un des moments forts de l'accordage mère / enfant : corps à corps, caresses, regards, murmures, odeurs... Il y a là une incroyable intimité fusionnelle. L'enfant est sorti du corps de la mère, mais il est encore tout contre, indifférencié ; le lait, prolongement de ce corps maternel, apparaît comme un cordon ombilical fantasmatique. C'est le dehors et le dedans, problématique sexuée entre toutes, ici réalisée de façon tout à fait extraordinaire.

Enfin, c'est par la bouche que le bébé part à la découverte du monde. Les besoins qu'il ressent, tous liés aux fonctions corporelles, sont nécessaires à sa survie. C'est ce que Freud désigne sous le terme de pulsions d'autoconservation, dont la faim est le prototype. Pour vivre, le nouveau-né a besoin de manger. La faim qu'il ressent provoque un état de tension corporelle, laquelle va être apaisée par la tétée. Le plaisir qu'il éprouve alors n'est pas dû à la seule satisfaction du besoin organique. Il provient également de la succion du sein, qui provoque une stimulation de la bouche, première zone érogène. Bientôt, le bébé va répéter la succion, seul, indépendamment de toute sensation de faim. Freud démontre ainsi que les pulsions d'autoconservation servent d'étayage aux pulsions sexuelles. Très rapidement, le nouveau-né repère les différentes formes de satisfaction. Pour sa survie, tout ce qui tient du besoin, il est obligé de s'en remettre à un tiers, mais pour ce qui relève du désir, il peut se donner du plaisir à lui-même. On voit que la satisfaction autoérotique, donc ce qui a trait au sexuel et à la sexualité, est très tôt liée à la notion d'intimité, de l'ordre du privé.

Tétine ou pouce

Si les parents d'aujourd'hui donnent si volontiers à leur enfant une tétine à sucer, c'est parce qu'ils ont compris que son rapport au monde était d'abord un rapport oral. Substitut du sein maternel, la tétine est un objet partiel et sexué, que le bébé peut contenir sur un mode oral et qui lui procure un grand plaisir. Elle apparaît comme un objet prétransitionnel destiné à faciliter la séparation ; elle préfigure le doudou ou le nounours que, plus tard, l'enfant emmènera partout avec lui, pour s'endormir, se rassurer.

Sucer son pouce est tout à fait différent : accepter la

tétine est passif, mettre son doigt dans la bouche est actif, un acte très volontaire grâce auquel l'enfant va recentrer sur son propre corps un plaisir qui jusqu'alors lui était donné par autrui. On a souvent dit que continuer à sucer son pouce jusqu'à un âge avancé était une recherche de plaisir autoérotique. Même si l'on ne peut totalement éliminer cette hypothèse, je pense plutôt que le pouce est avant tout un objet rassurant, contraphobique, dont on a besoin dans certaines circonstances d'inquiétude ou de fatigue. Mais cette activité légèrement autocentrée n'empêche en aucun cas d'autres découvertes et d'autres plaisirs.

Mordre

En 1924, Karl Abraham établissait une distinction entre le stade oral précoce, celui de l'allaitement, de la succion, et le stade sadique oral, qui coïncide avec l'apparition des dents, aux alentours du sixième mois. Voilà une étape fondamentale, un signe de grand progrès dans le développement de l'enfant. C'est le début de l'alimentation en morceaux. L'enfant mord, déchire, et c'est par là qu'il part à la conquête du monde. Alors qu'en tétant il était encore un peu confondu dans une relation fusionnelle à la mère, grâce à la nourriture solide il comprend qu'il est différent d'elle. L'objet découpé, mâché, avalé, est perçu comme différent de soi, ce qui permet à l'enfant de devenir sujet au monde. Un sujet non encore sexué, ignorant toujours qu'il est une fille ou un garçon, mais, une fois encore, l'attitude de la mère n'est pas la même dans les deux cas.

On l'a vu, une mère ne sourit pas de la même façon

à sa fille et à son garçon, pas plus qu'elle ne les porte, les nourrit, les change de la même façon. On a remarqué que, de manière un peu « scandaleuse », les mères gardent plus longtemps leur fils dans les bras – les pères gardant davantage leur fille –, sexualisant ainsi le portage. Dans le fond, avec un garçon il y a presque découverte amoureuse, désir de séduction due à la différence des sexes : « Tu n'es pas comme moi, mais j'espère que tu m'aimeras. » La mère est sans doute plus surprise, plus attentive, plus curieuse. Avec une fille, elle est face au même, à quelque chose qu'elle connaît, et il y a de sa part une espèce de forçage assez inconscient à penser : « Sois comme moi. »

On pourrait dire alors que l'identification fonctionne mieux pour les filles. Peut-être est-ce pour cela qu'elles semblent plus compétentes plus vite : elles marchent et parlent plus tôt, sont plus vite et souvent mieux adaptées à l'école, parce qu'elles sont comme la maman. Elles ne sont jamais un clone, une copie conforme, mais il y a quelque chose de la mère qui reste indélébile chez elles et, dans un coin de leur psychisme, elles gardent dans l'idée qu'elles sont un peu comme celle-ci, par une intonation de la voix, une expression du visage, une façon de se tenir ou de se comporter. La fille aura toujours une sorte de fidélité aux traits identificatoires maternels, tandis que le garçon, contrairement à ce que l'on prétend, « trahira » plus facilement sa mère, il la quittera plus radicalement, et ce qu'il a vécu avec elle s'effacera au bénéfice de la fille qu'il aimera.

Face à son petit garçon qui la mordille, la mère va penser qu'il s'agit là d'une marque d'agressivité typiquement masculine, presque d'érotisme. Face à sa petite fille, elle va se montrer beaucoup moins patiente, voyant là le signe que celle-ci grandit et peut se débrouiller toute seule. Dans le fond, cette réaction induit le début de l'héroïsme masculin et le début de l'autonomie de la petite fille, soulignant une différence absolument essentielle dans la représentation des sexes : la petite fille doit s'adapter, le petit garçon doit partir au combat, se battre, se défendre. Pour aussi caricatural que cela puisse paraître, ce n'en est pas moins vrai. C'est toujours un bébé qui mord mais, selon qu'il est de sexe masculin ou féminin, ses morsures vont être interprétées différemment. Et c'est de ce mélange entre le développement naturel du bébé et la façon dont ses parents et son environnement le traduisent que va naître l'identification sexuelle.

Certains enfants montrent une véritable résistance pour passer à l'alimentation solide. Dans ces cas-là, les mères disent : « Tant que je l'ai allaité, ça allait bien, mais dès que j'ai essayé de passer à une alimentation mixte, c'est devenu impossible », insinuant malgré elles que seul leur lait est bon pour le bébé. Si celui-ci ne parvient pas à se séparer de sa mère, c'est qu'il ne la perçoit pas comme un élément de réassurance et de tranquillité assez solide pour lui permettre de s'autonomiser. Il ne peut pas passer au monde, se détacher pour s'affirmer différent. Sans doute le bébé a-t-il repéré une anxiété maternelle. Parce qu'elle est pour lui un moyen de capter et d'accrocher sa mère et est vécue de façon érotique, il l'exacerbe.

Ce que l'on appelle trouble de la séparation / individuation risque de se manifester plus tard, sous d'autres formes : difficulté à aller à la crèche, ou à être gardé par des grands-parents. Les enfants prennent alors leur mère dans un piège de fusion, auquel elle ne résiste pas. Mais sans doute ce genre d'histoire se joue-t-il toujours avec deux protagonistes : une mère qui a du mal à se séparer de l'enfant et un enfant qui a du mal à se séparer de sa mère, les deux portant une part de responsabilité dans cette difficulté à se détacher. De manière un peu caricaturale, et une fois éliminée l'hypothèse d'une pathologie plus grave, le psychiatre intervient simplement, en disant à la mère : « Autorisez-vous à vous séparer » et à l'enfant : « N'aie pas peur de devenir grand, même si tu dois te séparer de ta mère. » Il encourage la première à inscrire son enfant à la halte-garderie où le père ira le chercher, par exemple. Pour casser les prolongations d'une relation maternelle trop fusionnelle empêchant de grandir, il faut l'intervention d'un tiers susceptible de créer une autre forme de relation.

Enfants mordeurs et mères cannibales

Non contents de mordre les aliments, certains enfants mordent volontiers la cuisse de leur mère ou la joue des copains de la crèche. C'est le cas de Paul, 2 ans et demi, dont les puéricultrices se plaignent car il mord plus que de raison, sélectionnant avec un certain soin ses victimes : des petites filles aux joues rondes et roses qui se mettent alors à hurler, provoquant l'étonnement de Paul, qui pleure à son tour quand les puéricultrices le grondent.

La morsure, très érotisée (Paul ne s'y trompe pas, qui ne s'attaque qu'à des joues rebondies et charnues), est une recherche de contact, une envie de dévorer l'autre et de l'incorporer, comme pour ne pas s'en séparer. Mais, parce qu'elle est agressive, cette recherche de contact est dyssociale et, lorsque ce comportement se prolonge vers 2, 3 ans, il marque davantage une carence du développement psycho-sexuel qu'une conquête. L'enfant éprouve des difficultés à reconnaître l'autre dans des érotisations différentes et plus en adéquation avec son âge. Il maintient un contact un peu archaïque et qu'il déstructure, alors qu'il pourrait l'établir différemment, par des jeux, des activités et des scénarios partagés.

Il n'en demeure pas moins que la morsure s'inscrit dans un ensemble de relations bucco-orales qui ont une grande importance dans la sexualité, aussi bien la sexualité sensuelle de l'enfance que la sexualité agie de l'adulte. « Tu es à croquer ! » « Ah, je te vais te manger... » Toutes les mamans du monde sont de tendres cannibales qui dévorent leur enfant en mordillant son cou, ses cuisses... Cela laisse probablement des traces mnésiques qui expliquent, plus tard, le plaisir que l'on prend aux morsures d'amour. Il y a quelques années, un fait divers a fait la une de l'actualité : un étudiant japonais avait tué sa petite amie avant de la découper en morceaux et de la manger. Si ce cannibale a tant marqué les esprits, c'est sans doute parce qu'il réveillait en nous des fantasmes très archaïques de dévoration.

En attendant le baiser

Téter, sucer, mordre... Tous ces actes dessinent une sexualité de l'oralité et fondent un plaisir essentiel que l'on recherchera toute sa vie. Personnellement, je crois que l'on peut parfaitement oublier sa première relation sexuelle ; en revanche, chacun se souvient de son premier « vrai » baiser, moment essentiel qui symbolise l'accession à la sexualité adulte et dans lequel on retrouve inconsciemment des plaisirs oubliés de la toute petite enfance. Le baiser est un abandon à l'autre pour ne faire plus qu'un, un partage de son dedans, de son intimité – si les prostituées n'embrassent pas, n'est-ce pas pour protéger ce qu'elles considèrent comme le plus intime d'elles-mêmes ? –, la toute première fusion avec le corps de l'autre dont on avait jusqu'alors tellement peur. Pourtant, le baiser est inter-sexe, la bouche étant une zone érogène commune aux deux sexes : il permet d'approcher le corps de l'autre tout en abolissant les différences. Si le premier baiser est échangé aux alentours de 13 ans, la première relation sexuelle n'a lieu que vers 17 ans : on comprend alors que le baiser est un temps préalable à l'amour physique, un éveil de la sensualité qui va se développer à travers le flirt.

*

L'allaitement maternel est-il meilleur que le biberon pour le développement de l'enfant ?

Rappelons-nous qu'hier les femmes confiaient volontiers leur enfant à une nourrice. On avait alors des frères et des sœurs de lait, comme si le lait de la nourrice était plus que du lait : une identité, une fraternité. Sa vie durant, ma mère a ainsi vu sa sœur de lait. Le lait partagé crée, dans l'imaginaire, l'idée qu'on a le même parcours et, peut-être, un peu d'une même filiation.

Même si les psychiatres militent pour l'allaitement maternel, il faut respecter le désir de chaque femme. L'enfant n'a pas besoin du lait typé de sa mère pour vivre, même s'il est supposé renforcer son immunité. Un biberon bien donné, avec ce qu'il faut de tendresse, de chaleur, d'attention, de proximité corporelle permet un bon accrochage : le bébé reconnaît aussi bien l'odeur de sa mère, le son de sa voix, la façon qu'elle a de le porter.

Au terme de neuf mois de grossesse, une femme a le droit de vouloir reprendre possession de son corps et de décider de ne pas allaiter. Il y a là une position originale et que je qualifierai volontiers d'exemplaire : comme si ces femmes considéraient que leur enfant est différent d'elles et donc moins dépendant corporellement – l'allaitement, malgré tous ses bénéfices, matérialisant une situation de dépendance. Autre avantage du biberon : il peut être donné par le père, alors moins en compétition avec la mère, et introduit d'entrée de jeu un tiers dans la relation fusionnelle. Peut-être y a-t-il là une sorte de prévention des troubles ultérieurs de la séparation / individuation.

Est-il important que le père donne le biberon ?

Oui, à condition qu'il en ait envie et qu'il le donne à *sa* façon. Comme j'affirmais au début de cet ouvrage qu'il y a deux espèces sur terre, il est logique de pousser ce raisonnement en affirmant à présent qu'un père et une mère, ce n'est pas pareil. L'un et l'autre ne sont pas interchangeables, ne doivent pas l'être, car la mère et le père représentent deux instances

psychiques et symboliques tout à fait indispensables :
l'espace et le temps.

Quelle que soit la compétence, la proximité du
père avec son bébé, il n'y aura jamais entre eux la
même fusion, la même intimité organique, biologique
qu'entre le nouveau-né et sa mère. Celle-ci est une
figure d'attachement primaire ; celui-là, une figure
d'attachement secondaire, et le bébé ne s'y trompe pas.
Le père est avant tout un casseur de fusion, un tiers
séparateur, et c'est là un rôle essentiel pour permettre
à l'enfant – et à la mère – de se décoller et de s'autonomiser.

On peut être un farouche partisan du partage des
tâches – encore que, dans le domaine des soins à
l'enfant, il faille se méfier de la comptabilité arithmé-
tique –, sans renoncer pour autant à sa singularité.
Qu'un père donne le biberon au bébé, le change, le
baigne, l'habille, c'est très bien, mais sans essayer de
se substituer à la mère. Car, avant même de pouvoir se
représenter qu'il est fille ou garçon, le bébé doit repérer
ce qui, autour de lui, est masculin et féminin. C'est
ainsi qu'il adapte sa posture selon qu'il est dans les
bras de sa mère ou dans ceux de son père et, dès la
première année, il établit une distinction entre les
objets « maternels » ou féminins et les objets « paternels » ou masculins, les premiers étant plutôt doux,
lisses, ronds, creux, et les seconds, rugueux, durs ou
pointus. Il s'opère ainsi une classification du monde
en deux registres, les « paires contrastées », qui sont
essentiels à son développement.

Il faut qu'un père participe, ait des gestes de tendresse, c'est évident. Mais, plus j'avance, plus je suis
convaincu que l'on se souvient d'autant mieux de la

tendresse paternelle qu'elle a été rare, en tout cas un peu réservée, un peu moins démonstrative que celle de la mère.

Quel est le bon moment pour sevrer un bébé ?

La très grande majorité des mères allaite entre deux et trois mois en moyenne, le sevrage s'effectuant au moment de la reprise du travail et de l'entrée en crèche. C'est un bon tempo, la règle sociale suivant une évolution naturelle. Dès 3, 4 mois, le bébé commence à se différencier de sa mère et accède peu à peu au stade de sujet ; il doit donc devenir autonome. La mère, de son côté, ne doit pas être dépendante de l'oralité et de l'appétit de son enfant. Le respect du sexe de ce dernier, masculin ou féminin, impose la pudeur et le corps à corps doit être moins fréquent. C'est par la séparation que la mère fait progresser son bébé ; elle ne doit pas confondre la part organique de l'allaitement avec la fusion qui s'installe.

Par ailleurs, il est souhaitable que, à ce moment, la mère ait repris une activité sexuelle. Son sein, qui est alors érotique pour son mari ou son compagnon, ne doit plus l'être pour l'enfant. Le sein n'est pas « mixte », c'est l'alimentation de l'enfant qui doit le devenir.

J'ai connu un petit garçon qui, à 4 ans, était toujours allaité par sa mère. A 10 ans, il s'en souvenait encore. Sans aller jusqu'à ces excès, il y a dans le prolongement de l'allaitement un véritable abus sexuel de la part de la mère. L'enfant doit pouvoir oublier le plaisir procuré par l'allaitement, n'en garder que des traces inconscientes, et non pas des images précises qui viendraient l'embarrasser.

Donner / se retenir

Autre étape importante dans la conquête de l'auto-nomie et de la sociabilité : l'apprentissage de la propreté. L'enfant, ayant appris à mordre le monde pour l'incorporer, doit maintenant apprendre à se séparer d'une partie de ce monde, d'une partie de lui-même. « Je peux manger le monde et l'expulser. Je peux me séparer de ce que j'ai conquis. Donc, je suis une fabrique à séparation, une fabrique à auto-nomie. »

Uriner et déféquer sont, pour le petit, des sources de plaisir. Se retenir aussi. Il y a en effet une grande jouissance à pouvoir maîtriser un corps qui jusqu'à présent lui échappait. A la jouissance viennent s'ajou-ter un sentiment de toute-puissance et une certaine agressivité. Celle-ci s'exprime d'ailleurs verbalement : c'est le temps du « non » systématique, de l'opposition, souvent difficile à supporter pour les parents, mais indispensable pour l'enfant. C'est par ce « non », par son refus de se soumettre qu'il devient lui-même. Etre propre, c'est un peu la même chose. Les selles repré-sentant le premier don de soi qu'il offre à la mère, il a le choix entre donner et retenir, entre se soumettre et refuser.

A 4 ans et demi, Laurène refuse d'aller sur le pot, développant une constipation opiniâtre qui peut, à la longue, entraîner une occlusion intestinale ou toute autre complication nécessitant des soins médicaux. Avec beaucoup de franchise, le père avoue qu'il a bien du mal à avoir une bonne relation avec sa fille, car son attitude lui semble d'une grande agressivité. Il dit aussi combien il est plus à l'aise avec son aînée, qui n'a jamais eu ce genre de comportement.

Alors qu'elle était enceinte, la mère de Laurène a perdu son père et a été très déprimée par ce décès. Quelque temps après la naissance de sa seconde fille, on lui découvrait une maladie grave qui a nécessité une opération. Bien que la fillette ait été préparée à cette hospitalisation, bien qu'elle ait été gardée, chez elle, par son père et ses grands-parents paternels, elle a mal supporté la séparation. Au retour de sa mère, elle s'est mise à la coller, à faire des cauchemars, manifestant par là une peur très vive de l'abandon.

Différentes causes peuvent bien sûr expliquer qu'un enfant retienne ses selles. On imagine ici que Laurène craint, en allant sur le pot, de perdre à nouveau sa mère. Comme souvent, il y a une anxiété particulière à lâcher, à se défaire de ce qui nous appartient. « Si quelque chose sort de moi, je me vide, je me dissous, je disparais. » Perdre un peu de soi, c'est se perdre tout entier. On ne veut rien abandonner. On ne veut pas (se) donner. Se retenir, c'est ne pas pouvoir se séparer de ses objets internes, ne pas pouvoir être au monde, différent de ses parents, autonome. On ne veut pas « accoucher » de ses matières fécales. En ce sens, la rétention des selles peut apparaître comme une pré-forme de troubles ultérieurs de la sexualité adulte.

Se retenir est toujours une façon de s'opposer : l'enfant refuse ainsi d'être conforme à ce que ses parents et, au-delà, la société, attendent de lui, et c'est bien en cela qu'il est considéré comme agressif.

Tout aussi agressive, si ce n'est plus encore, est l'encoprésie. Les enfants ne se retiennent pas, continuant au contraire de se salir, dans leur couche ou dans leur culotte. Lorsque j'ai commencé à exercer, neuf fois sur dix, les encoprétiques étaient des garçons. Aujourd'hui, ils ne sont plus que six ou sept sur dix, ce qui n'empêche que l'encoprésie reste un trouble largement masculin. De là à conclure que les garçons sont toujours davantage du côté du combat et de la lutte, il n'y a qu'un pas. Cela ne signifie pas que les filles n'ont pas de troubles, mais plutôt que ceux-ci sont de nature différente : énurésie, inhibition, malaises, timidité, repli sur soi... Comme si la pathologie était elle aussi sexuée.

L'élimination des selles comporte une dimension très symbolique. Dans le fond, être propre, c'est être capable de se séparer d'une nourriture qui est donnée par les parents, et donc reconnaître implicitement qu'ils ne donnent pas que du bon. L'encoprétique le signifie en se souillant : « Ce que vous me donnez n'est pas bon, donc vous n'êtes pas suffisamment bons. Puisque c'est comme ça, je vous renvoie à mon tour quelque chose de sale et vous êtes obligés de me nettoyer. » Le message est on ne peut plus agressif, certains ne se contentant pas de se salir, mais manipulant leurs fèces, quand ils n'en barbouillent pas les murs de leur chambre, comme je l'ai vu. Au début, il est tout à fait normal de jouer avec ses matières fécales. Cela ressemble à des billes ou à des galets, un peu mous, un peu collants, comme la pâte à modeler dont ils raffolent souvent à cet âge, ou comme cette boue qu'ils fabriquent avec de l'eau et du sable et avec laquelle ils s'éclaboussent avec bonheur. Si on ne leur signifie pas que leurs selles sont sales, ils risquent de continuer longtemps. Cela n'empêche que la propreté peut leur être présentée comme une forme de jeu, « Coucou le voilà », mais ce n'est plus le visage de la mère qui apparaît et disparaît, c'est un morceau de soi.

L'encoprétique refuse ce jeu imposé. Il refuse la propreté, règle sociale, luttant à sa façon contre un ordre établi. Pour lui, la relation privilégiée passe par le conflit, la saleté. Il lui faut être « mauvais », souffrir et faire souffrir pour capter l'attention, cette capacité de souffrance montrant une tendance au masochisme comme au sadisme. Plus il est sale, plus il est détestable, plus on s'occupe de lui, en somme. Sans doute est-ce pour cela que l'encoprésie – comme la constipation, d'ailleurs – survient souvent à la naissance d'un petit frère ou d'une petite sœur, lors d'une séparation ou d'un événement familial traumatisant, pour signaler que quelque chose défaille dans le développement de l'enfant. Elle montre toujours une cassure dans la progression naturelle. La fixation anale est un arrêt dans la dynamique fantasmatique des différents stades déterminés par Freud, empêchant l'enfant de passer à une autre phase plus génitalisée, plus œdipienne de la sexualité. Pour le garçon, la difficulté à maîtriser ce qui sort de soi peut préfigurer des difficultés ultérieures, comme des troubles de l'éjaculation.

Gaëtan, 15 ans, est en seconde. Il vient consulter pour ce que sa mère appelle une phobie et son père, un TOC (trouble obsessionnel compulsif). Chaque fois que quelqu'un le touche, Gaëtan se lave plusieurs fois, persuadé, de façon assez délirante, que tout contact est susceptible de le souiller et de l'infecter, principalement au niveau de son sexe. Il craint alors de devoir être amputé de ce sexe pourri, putréfié.

Ses parents m'apprennent que leur fils est depuis longtemps en grande difficulté : ce n'est qu'au mois de juin précédent, donc à presque 15 ans, que Gaëtan a cessé d'être encoprétique.

Dans la plupart des cas, l'encoprésie finit par guérir, spontanément, entre 7 et 9 ans. Chez cet adolescent, elle apparaît comme un symptôme terrible, mais protecteur : en effet, dès qu'il a été propre, une nouvelle pathologie, plus lourde, a remplacé l'autre. Depuis toujours, Gaëtan est dans un conflit étrange avec le monde : « Je me souille pour que personne ne m'approche ; si l'on m'approche à présent, je risque de perdre mon sexe. » Son encoprésie signifiait une impossibilité sociale à communiquer, mais ce trouble de la sociabilité ne servait qu'à masquer un vrai trouble de la personnalité, puisqu'il ne réussit pas à incorporer son corps, à se respecter, à intégrer les règles. L'encoprésie mettait, entre le monde et lui, un écran qui le protégeait de sa propre pathologie.

L'énurésie

On ne peut parler des énurétiques sans établir une différence entre les énurétiques diurnes et les énurétiques nocturnes. Les premiers se rapprochent sans doute des encoprétiques avec lesquels ils partagent une certaine agressivité, une révolte, un combat. Chez les uns comme chez les autres, se mouiller, se salir, sentir mauvais est une marque d'opposition et de non-sociabilité : éliminer, aller aux toilettes, s'essuyer, se laver sont en effet des progrès importants qui font de nous des êtres sociaux.

Dans 80 % des cas, l'énurésie est un trouble nocturne. Incontinence involontaire et inconsciente, elle est signe d'anxiété, d'inhibition, de passivité, de timidité. Elle marque malgré tout une régression, le maintien dans un statut de bébé et dans une relation érotique et un peu archaïque à la mère qui doit s'occuper de l'enfant en le changeant, comme elle le changeait auparavant. Mais on supporte cette énurésie parce qu'elle n'est ni agressive ni asociale, et disparaît généralement d'elle-même quand l'enfant est assez sociabilisé pour avoir envie d'aller coucher chez un petit copain.

Il est intéressant de souligner que, dans la population adulte, 1 % des hommes sont énurétiques. On les dit incontinents alors qu'il n'y a aucune cause organique à leur énurésie. Ils se souillent la nuit et n'ont dans le fond aucune autre sexualité. L'énurésie apparaît alors comme un trouble de la non-maîtrise, un thème d'impuissance, le pipi étant comme une éjaculation partielle, un plaisir autoérotique rappelant le stade cloacal.

La phase génitale précoce

Lors des débuts de la phase d'acquisition de la propreté, l'excitation ressentie au niveau de la région anale se diffuse dans les organes génitaux, ce qui provoque leur éveil, posant les bases de l'identification sexuelle. C'est en tout cas ce qu'ont montré deux professeurs de psychiatrie, H. Roiphe et E. Galenson [1], à travers l'observation très approfondie de 70 enfants. Ce qu'elles désignent sous le terme de phase génitale précoce, entre 15 et 19 mois, est lié à la capacité qu'a l'enfant de se sentir exister en tant qu'individu singulier dans un monde fait d'objets extérieurs. Il a désormais des désirs, des pensées et aussi une anatomie qui lui sont propres. Grâce à la prise de conscience psychologique de son sexe, l'enfant commence à acquérir un sens discernable de son identité sexuelle. C'est une étape tout à fait essentielle pour le développement ultérieur. L'enfant se sait fille ou garçon, il a identifié son sexe et l'affirmera plus tard en devenant amoureux de son papa ou de sa maman, signe de progrès et de maturation. Mais, pour l'instant, la phase génitale précoce est dénuée de toute résonance œdipienne.

*

Un enfant qui refuse d'aller sur le pot doit-il être emmené chez un pédopsychiatre ?

Entre 2 et 3 ans, il est presque normal qu'il refuse. « Non », « pas le pot » sont les signes d'une opposition naturelle qui l'aide à grandir et à s'affirmer. Inutile de se montrer rigide en l'asseyant trop jeune sur le pot (d'un point de vue neurologique, la maîtrise des

---

1. In *La Naissance de l'identité sexuelle*, PUF, « Le fil rouge », 1987.

sphincters n'est pas possible avant 15 mois en moyenne) et en lui imposant des heures fixes, cela risquerait de le transformer, plus tard, en obsessionnel maniaque ! Françoise Dolto disait joliment que la propreté, c'est « quand il marche, quand il peut le dire et quand il fait beau » : quand il marche assez bien pour pouvoir aller sur le pot lui-même ; quand il peut le dire pour pouvoir réclamer en cas d'urgence ; et quand il fait beau, parce qu'à la belle saison les fuites et accidents, inévitables, sont moins dramatiques. L'essentiel est qu'il soit propre pour son entrée en maternelle. L'encoprésie – véritable trouble pathologique, bien différent du simple refus d'aller sur le pot – devient inquiétante lorsqu'elle trouble la sociabilité de l'enfant.

Est-ce inquiétant qu'une petite fille veuille faire pipi debout ?

Il est sûr qu'elle doit faire pipi assise ! Debout, c'est une façon originale de s'opposer, d'agacer, de provoquer. Ou bien elle prend le risque de se salir, parce qu'elle a envie d'être nettoyée, veut qu'on s'occupe d'elle, montrant ainsi sa difficulté à devenir autonome. Ce n'est pas un trouble de l'identité sexuée, mais une opposition ou une régression. Si on lui explique les avantages de la position assise, elle devrait vite l'adopter.

Pourquoi les enfants commencent-ils si jeunes à dire des gros mots à caractère sexuel ?

Les gros mots sont un signe de conquête pour l'enfant. Conquête argotique du langage mais aussi conquête d'autonomie. C'est sa façon de provoquer ses parents pour leur signifier qu'il est grand.

Tout commence par le célébrissime « caca boudin » auquel nul n'échappe, vers 2, 3 ans, âge de la phase anale, et qui vient exprimer la fierté ressentie à pouvoir se maîtriser et l'agressivité qui s'y rattache. Dire « caca boudin », c'est traduire en mots la fonction d'excrétion, faire sortir symboliquement ce qui était au-dedans de soi et éprouver, en le prononçant, un plaisir analogue à celui que procure l'excrétion elle-même. Très vite, le « caca boudin » laissera place à des injures plus crues, que les enfants répètent sans en comprendre le sens. Ce n'est pas aux parents de leur expliquer ce que signifie « enculé » ou « salope ». En revanche, il faut interdire que ce genre d'insulte leur soit directement adressée, car elles induisent un manque de respect. Tant que l'enfant est petit, le gros mot peut paraître amusant à certains parents ; il en va tout autrement à l'adolescence où ces abus de langage constituent parfois les préformes de violences physiques à l'égard des parents. Les gros mots sont tolérables seulement entre pairs, le vocabulaire commun étant un signe d'appartenance au même titre que peuvent l'être les vêtements. Ils ont un sens qui bien souvent échappe aux adultes, « enculé » ou « connasse » devenant presque, dans certains cas, une marque d'affection.

Prononcer des gros mots procure toujours aux enfants une grande jouissance ; on pourrait dire que, pour les adolescents, ils sont semblables à des éjaculations. Voilà sans doute pourquoi ces derniers en sont si friands...

Jouer

Lorsque je vois Thomas pour la première fois, il a 5 ans et présente un certain nombre de troubles évoquant un diagnostic prépsychotique. Il parle mal et ne répond pas à mes questions, est instable, souvent « ailleurs », perdu dans ses pensées ; il présente également des troubles du graphisme et est, de ce fait, en grande difficulté d'adaptation à l'école maternelle. Il a amené avec lui en consultation une souris en peluche qu'il habille et déshabille, faisant parfois de ses vêtements des espèces de bandelettes dont il entoure la peluche comme si elle était blessée. A ce moment seulement, il parle : « Il faut l'habiller, parce qu'elle ne sait pas toute seule. Et lui mettre des couches, parce que, même si elle est grande, elle fait dans sa culotte. »

Thomas avait une sœur aînée, gravement handicapée. Du fait de son handicap, elle était toujours lavée, soignée, changée, habillée par ses parents ou par une infirmière. La nuit, il fallait l'attacher à son lit avec des sangles afin qu'elle ne tombe pas. C'est en s'étranglant avec ces sangles pendant son sommeil qu'elle est morte, le père étant alors seul à la maison avec elle.

Après ce décès, les parents de Thomas se sont séparés. Dès qu'il doit voir son père, le petit garçon exprime une vive inquiétude, réclamant la présence d'un tiers pour l'accompagner. Comme toujours lors-qu'un enfant meurt en présence d'un parent, celui-ci est considéré comme insécure, les parents étant nor-malement la garantie de la survie de l'enfant. Thomas a donc peur que son père ne prenne pas assez soin de lui et ne puisse pas l'empêcher de mourir.

Mais c'est son jeu avec la peluche qui retient surtout mon attention, parce qu'à travers lui le petit garçon exprime ses difficultés à faire le deuil. La souris appa-raît bien sûr comme un substitut de sa sœur, qui est restée à l'état de bébé, un bébé cassé, source de perpétuelles préoccupations, que Thomas rattrapait et dépassait dans son développement et ses apprentis-sages : bien que plus jeune, il parlait mieux qu'elle, se lavait et s'habillait seul et il devait déjà faire le deuil de tout ce qui aurait été possible avec elle, les relations, les jeux, si elle n'avait pas été handicapée. Il montre ici qu'il ne pourra jamais bien jouer avec cette sœur : la mort l'a figée dans un handicap irrémédiable, privant ce petit garçon de ce que j'appelle sa réserve d'espé-rance : face à un(e) handicapé(e), en effet, chacun – parents, frères et sœurs – n'en finit jamais d'espérer qu'un jour viendra où, les progrès de la médecine aidant, à moins que ce ne soit un miracle, le handicap s'atténuera, à défaut de disparaître tout à fait. Thomas ne peut plus rêver à un avenir différent, il est donc face à un double deuil : celui d'une sœur imaginaire et celui de sa sœur définitivement invalidée, dont la disparition vient sans doute faire écho à des désirs de mort qu'il a eus, de façon tout à fait banale, envers elle. En pre-nant grand soin de sa souris, il tente de mettre en sourdine la culpabilité qu'il éprouve.

Le jeu est essentiel à l'enfant, parce qu'il lui permet

de parler de ce qu'il ne peut pas dire avec des mots, de mettre en scène et de théâtraliser ses émotions, ses pensées. Freud l'a montré en prenant exemple sur son petit-fils. Aux alentours de 18 mois, celui-ci se plaisait à envoyer toutes sortes d'objets au loin, accompagnant son geste d'un « Oooo », dans lequel sa mère comme son grand-père percevaient l'expression d'un « *Fort* » qui, en allemand, signifie « loin ». Freud observa un jour l'enfant jouant avec une bobine de bois, autour de laquelle était entourée une ficelle. L'enfant ne tirait pas sur celle-ci pour traîner la bobine comme un chien en laisse ou une voiture ; au contraire, il la tenait solidement afin de lancer la bobine qui disparaissait derrière un rideau ou un meuble, puis tirait à nouveau dessus pour faire réapparaître la bobine. La disparition du jouet était ponctuée du « Oooo », tandis que sa réapparition était saluée par un « *Da* » joyeux, interprété comme « voilà ».

Simple et anodin passe-temps ? Non, avec l'objet qu'il avait sous la main, l'enfant avait trouvé le moyen de rejouer une scène trop connue : le départ de sa mère, suivi de son retour. Mais alors que, dans la réalité, il était condamné à subir passivement la situation, dans le jeu il devenait actif, faisant apparaître et disparaître la bobine, substitut de la mère, selon son gré.

Apparaître / disparaître ; se cacher / se montrer ; voir / être vu sont des thématiques qui se retrouvent dans de nombreux jeux : lorsque la mère cache son visage derrière ses mains avant de sourire à son bébé, « Me voilà » ; mais aussi dans le jeu de cache-cache, dans le jeu de cache-tampon ou celui de colin-maillard qui correspondent à différentes étapes du développement de l'enfant et mettent en scène l'angoisse de séparation, les désirs œdipiens, la castration.

On aura compris que, pour l'enfant, le jeu est une activité éminemment sérieuse. Mode d'expression privilégié, il lui permet de mettre en scène ce qu'il ressent, qui lui plaît, l'importune ou l'inquiète. Melanie Klein, précurseur de l'analyse des enfants par le jeu, y voyait un mécanisme de défense contre l'angoisse, capable de transformer cette angoisse en plaisir. Tout événement, agréable ou désagréable, est alors susceptible d'être revécu sous forme de jeu, activité par laquelle l'enfant cherche la réduction des tensions libidinales et la satisfaction des pulsions partielles qui renvoient à la multiplicité des organes érogènes, ainsi que le note Philippe Gutton[1].

On le voit, jouer est aussi un acte sexuel. Et sexué.

Le tout premier jouet est plutôt unisexe. C'est la peluche. Les parents vont pourtant choisir sa couleur, comme celle des chaussons et des vêtements, en fonction du sexe de leur enfant, puis jouer avec lui. L'on s'en doute, un papa et une maman, ça ne joue pas de la même façon. La mère, c'est le corps à corps, les caresses, les petits baisers dans le cou ou sur le ventre, les jeux de mains, « Coucou, me voilà » ; le père est celui qui fait sauter en l'air – les pères sont champions incontestés du « lancer de bébé » –, comme s'il était toujours dans la distance, l'éloignement. Quand une mère joue avec un nounours en peluche, elle l'utilise comme un nounours. Le père, lui, détourne volontiers les objets et les jouets de leur fonction habituelle. Non

---

1. In *Le Jeu et l'Enfant*, Editions G.R.E.U.P.P., 1988.

pas parce qu'il aurait plus d'imagination, mais parce que, souvent moins présent, il cherche sans cesse à attirer l'attention du bébé en provoquant une surprise, en le faisant rire (ou pleurer d'ailleurs), cette réaction le rassurant sur sa capacité à capter son enfant. De son côté, celui-ci prendra vite un malin plaisir à jeter peluches et jouets qui peuplent son royaume hors de son berceau ou de son parc, réclamant ainsi qu'on les lui rapporte, histoire d'apaiser son angoisse, à l'instar du petit-fils de Freud, et de s'assurer de sa maîtrise sur son entourage. C'est donc aussi à travers les jeux avec ses parents que le bébé va peu à peu prendre conscience de la division du monde en deux modèles, masculin et féminin.

Nous l'avons vu, les études en crèche menées par Roiphe et Galenson ont mis en évidence une phase génitale précoce, durant laquelle l'enfant prend conscience de son sexe et qui constitue la base de l'identité sexuelle. Aux alentours de 20 mois, un garçon sait donc qu'il est un garçon et une fille sait qu'elle est une fille. Il suffit d'observer leurs comportements, leur sociabilité, leurs réactions aux ordres et à la frustration, et aussi leurs jeux, pour s'en convaincre.

Antoine est un garçon de 7 ans, plutôt bien adapté. Mais il refuse de voir son père. Ses parents ont divorcé lorsqu'il avait 4 ans et, plus il grandit, plus il semble redouter de voir ce père, dont la mère dit pourtant : « Il n'a rien de redoutable. » Elle me précise malgré tout que, depuis la rupture, son fils dort avec elle. Je conclurais volontiers à un trouble de la séparation / individuation, très fréquent en cas de divorce, si la mère n'ajoutait dans la foulée que son fils fait de la danse, joue presque exclusivement avec des poupées et est très intéressé par tout ce qui la concerne, notamment par ses dessous. « Aujourd'hui, dit-elle, il sait que je porte des sous-vêtements bleus. » Comme pour justifier le refus d'Antoine de voir son père, elle explique que celui-ci traite son fils de « tapette ».

On peut reprocher à cet homme une brutalité de paroles assurément critiquable, mais il exprime par là des doutes et une inquiétude quant à l'orientation sexuée de son fils pour le moins compréhensibles.

C'est, entre autres, par le jeu que l'enfant affirme la reconnaissance de son sexe. Et, malgré toute l'évolution des mœurs, le petit garçon et la petite fille ne jouent pas avec les mêmes jouets. Le plus naturellement du monde, celle-ci vous réclamera bientôt des poupées, des dînettes et des tables à repasser (au grand dam des mamans féministes, luttant pour l'égalité des sexes), tandis que le choix de votre petit garçon se portera plus volontiers vers des jeux de construction, des camions de pompiers et des pistolets.

On peut essayer d'inverser le cours naturel des choses en offrant une voiture à une petite fille, mais on s'apercevra vite qu'elle la berce ou la baigne, la prenant comme poupée de substitution.

Dans le choix de leurs jouets, les enfants reprennent une distinction des sexes vieille comme le monde : les hommes partent au combat, les femmes savent d'instinct que ce sont elles qui mettent les enfants au monde et les élèvent, tandis que leurs maris et leurs frères se battent.

Cela peut paraître une caricature, mais un petit garçon qui joue aux poupées, rêve de s'habiller comme une fille, aime la danse, montre un choix sexué qui n'est pas celui de son sexe. Les jeux sont des supports identitaires, supports identitaires sexués, et chacun retrouve, à travers eux, les caractéristiques de son sexe. Qu'un garçon ait envie de jouer à la poupée ou de se déguiser en fille ne pose pas de question, il exprime ainsi sa part féminine et sa curiosité vis-à-vis de l'autre sexe, mais qu'il n'ait envie de rien d'autre marque à coup sûr un choix homosexuel. Il en va de même pour la petite fille : avoir parfois des attitudes de garçon manqué est tout à fait différent du fait de ne vouloir jouer qu'aux cow-boys et aux voitures de pompiers, de ne porter que des pantalons, à un âge où, justement, on est très soucieux d'apparaître pour ce que l'on est.

Pierre a à peine plus de 3 ans. A l'école où il vient d'entrer, il est insupportable et n'est d'ailleurs pas supporté par ses pairs. Agressif, violent, jouant la toute-puissance et la mégalomanie, il est exclu du groupe.

Son père étant incarcéré et sa mère étant atteinte d'un trouble de la personnalité assez grave, Pierre est élevé par ses grands-parents maternels. Alors que la grand-mère fait preuve de fermeté à son égard, le grand-père est, lui, très maternant, baignant et lavant son petit-fils qui, à son âge, pourrait commencer à se laver seul, ce qu'il fait d'ailleurs lorsqu'il est seul avec sa grand-mère. Tout se passe comme si ces grands-parents vivaient à travers ce petit garçon une nouvelle parentalité, avec ce que l'on pourrait appeler un changement de sexe psychologique, la grand-mère incarnant l'autorité masculine, tandis que le grand-père joue un rôle plus féminin de tendresse et de douceur. Cet homme, très macho, très identifié sur le plan sexuel, a été très distant et très pudique vis-à-vis de sa propre fille, avec laquelle il pense avoir échoué puisqu'elle est aujourd'hui en grandes difficultés psychiques. Avec son petit-fils il vit la parentalité idéale qu'il n'a pas connue, mettant en avant une position homosexuelle tout à fait surprenante chez un être d'apparence aussi « virile ». Détail significatif : son petit-fils joue parfois à lui donner des coups sur le sexe, autrement dit sur l'organe phallique, identifié comme étant celui du pouvoir, remettant en cause la masculinité du grand-père, macho battu consentant.

Durant toute la consultation, Pierre joue beaucoup. Avec un lapin tout d'abord, qu'il coince entre les barreaux d'une chaise, avant de demander à sa grand-mère de l'aider à « sortir du trou », scène sexuelle s'il en est. Puis il joue avec un oiseau et, enfin, avec un dauphin. Ces trois jouets sont sans doute les plus symboliques de sa vie fantasmatique actuelle. Le dauphin exprime un désir de régression, de retour dans le liquide amniotique, dans le ventre maternel. L'oiseau évoque le papa qui s'envole et disparaît, un oiseau que Pierre rêve peut-être de mettre en cage pour le retenir près de lui. Enfin, le lapin est à la fois le papa, derrière les barreaux de sa prison, et le sexe du petit garçon. Il est ce qui rentre et sort, mais aussi ce qui est menacé de rester coincé, d'être peut-être coupé, scié par les barreaux de la chaise. Pierre, qui est un peu en retard dans son développement psychoaffectif, exprime là une angoisse de castration que l'on observe dans la phase génitale précoce décrite précédemment. Il a pris conscience de son sexe et a peur qu'il disparaisse, parce que les petits garçons ont toujours peur qu'on les ampute de ce qui dépasse. Son angoisse est dénuée de toute préoccupation œdipienne puisqu'il demande à sa grand-mère de l'aider à sortir le lapin (se sortir) du trou. Dans le fond, ce garçon exprime toute la difficulté qu'il y a à vivre un œdipe avec des grands-parents.

Si chaque sexe a ses jeux et ses jouets de prédilection qui contribuent à les identifier, filles et garçons se retrouvent bien volontiers pour partager un jeu auquel sans doute nous avons tous joué au même âge : le jeu du docteur. C'est vers 4, 5 ans qu'ils le découvrent, à cet âge où « ils ne pensent qu'à ça », non pas au sexe en tant que sexualité agie, mais avec une sorte de goût anatomique, à la Léonard de Vinci : ils veulent connaître leur corps, leurs organes, pour connaître et affirmer leur sexe, essayer de comprendre les différences entre filles et garçons. Jouer au docteur et à l'infirmière n'est rien d'autre qu'une exploration du corps, le sien et celui de l'autre. Si les enfants se cachent pour y jouer, ce n'est pas parce qu'ils ont honte, mais parce qu'ils pressentent que les parents ne doivent pas voir ça. Car « ça » ne les regarde pas. Comme eux se cachent lorsqu'ils ont des relations, les enfants se cachent, par imitation et identification, mais pas seulement : il faut y voir le signe d'une appropriation de leur corps.

Petits, les enfants vont régulièrement chez le médecin, qui a accès à leur corps. Il les déshabille, les ausculte, les décalotte... Et c'est comme si l'impudeur médicale autorisait l'impudeur du jeu. Jouer au docteur, c'est faire comme un adulte qui n'est ni son papa, ni sa maman, mais qui touche notre corps sans que personne n'y trouve rien à redire.

Certains enfants poussant assez loin le jeu du docteur, les parents s'inquiètent : ne vont-ils pas se faire mal ? Le garçon peut-il déflorer la petite fille ? Peut-elle lui couper le sexe ? A cet âge, il y a peu de risques de ce genre, car les enfants sont dans un registre de sensualité, non de sexualité. Leur jeu, leurs frottements, leurs attouchements sont d'ordre masturbatoire. Faire l'amour, pour eux, c'est se coller l'un sur l'autre. Ou mettre son sexe sur la figure de l'autre. Ou le caresser. Ou s'embrasser mais sans jamais mettre la langue. La sexualité des enfants est décidément très éloignée de la sexualité des adultes.

*

Que faut-il faire si l'on surprend ses enfants en train de jouer au docteur ?

Vous auriez dû frapper avant d'entrer dans leur chambre, mais puisqu'il est trop tard, trouvez un moyen de leur signaler que vous les avez vus : « Je venais ranger tes vêtements, je reviendrai plus tard », sans plus de commentaires. Souvenez-vous qu'à leur âge...

Doit-on refuser d'acheter une poupée à un petit garçon qui la réclame ?

Le mieux est d'adopter une position ferme : « Non, c'est un jouet de fille. Et toi, tu es un garçon. » Il n'est pas question d'empêcher ni d'interdire un choix dont il n'a pas encore pris conscience, mais il peut être utile de lui rappeler qu'il est un garçon. De même quand il revient sans cesse de l'école en pleurnichant parce que les garçons l'embêtent et se moquent de lui, je crois qu'il faut l'encourager à ne pas se laisser faire. Non pas que les garçons doivent apprendre, dès leur plus jeune âge, à se conduire comme des brutes machistes, mais il y a là un moyen d'éviter qu'il se pose toujours en victime. Certains enfants sont très doués pour ce rôle et c'est leur rendre service que de les aider à en sortir.

Si la maman achète la poupée convoitée, le garçon peut y voir le signe d'une adhésion de sa part. Je ne plaide pas pour une répression supposée « soigner une maladie », mais dire non est une façon de montrer à l'enfant qu'il peut faire sans cette part d'exhibitionnisme qui risque de lui attirer les quolibets et de le rendre malheureux. Sans l'obliger à jouer avec des camions, on peut lui acheter des jouets valables pour les deux sexes. Et quitte à lui offrir une poupée, mieux vaut le convaincre d'accepter Ken ou Spiderman...

Se découvrir / se toucher

En 1912, lors du congrès psychanalytique de Vienne, Freud affirme pour la première fois que les enfants ont une activité masturbatoire. On imagine le tollé : l'enfant n'était décidément plus un ange, mais un « pervers polymorphe », selon l'expression de Freud, à la recherche du plaisir sous toutes ses formes, et qui « sous l'influence de la séduction peut être entraîné à tous les débordements imaginables ».

Loin d'être sale ou honteuse, cette masturbation infantile est l'une des étapes importantes du développement sexuel, puisqu'elle apparaît comme le point de départ de la vie sexuelle ultérieure.

On distingue trois étapes dans la masturbation. La première, la masturbation du bébé, se rattache au temps de l'allaitement. Il faut admettre que certaines caresses et surtout certains soins, parce qu'ils stimulent par contact les parties génitales, sont de nature érotique. Ils éveillent chez l'enfant une sensation de plaisir qui provoque le besoin de répétition, le bébé se masturbant de façon presque involontaire, avec la main ou par compression, en serrant les cuisses par exemple.

Le second temps de la masturbation commence aux

alentours de 3 ans et se prolonge jusqu'à 6 ans. C'est une masturbation physiologique, qui doit être considérée comme une découverte et une appropriation de son corps, une appropriation anatomique de son sexe. Jusqu'à présent, l'enfant en avait une représentation psychique, il passe en quelque sorte aux travaux pratiques, le petit garçon vérifiant qu'il est bien un petit garçon et la petite fille, une petite fille. L'un et l'autre explorent les différentes parties de leur corps pour pouvoir les assembler et ne faire qu'un. Comme ils étaient partis à la découverte du monde en le mordant, ils conquièrent leur identité sexuelle en touchant les différentes parties de leur corps, et notamment les organes génitaux, passant ainsi du morcellement à l'unification. Cela leur procure d'ailleurs des sensations et des émois très intenses. En se masturbant, l'enfant découvre que ces organes sont des organes de plaisir, mais il s'agit d'un plaisir autoérotique, entièrement centré sur soi en tant qu'objet de satisfaction.

Une activité intime

Benoît, 6 ans, est un bon élève de CP, qui rêve de devenir footballeur. Lorsque ses parents lui ont annoncé qu'il allait avoir un petit frère ou une petite sœur, il s'est montré très heureux. Mais, emporté par sa passion du foot, il a vite eu tendance à shooter dans le ventre arrondi de sa mère qui craignait les conséquences éventuelles sur le bébé. Celui-ci a aujourd'hui 8 mois, et Benoît essaie de jouer avec lui, sans grand succès. Son père l'a un jour surpris en train de

« gangasser[1] » un peu fort ce mauvais joueur et l'a sévèrement sermonné.

Notons que le père de Benoît a eu – et a encore – de très mauvaises relations avec son propre aîné et que sa mère, enfant, a subi de plein fouet la jalousie d'une grande sœur : la rivalité fraternelle semble donc une lourde hérédité dans cette famille, et les parents projettent leur propre histoire sur leur fils. Dans le cas de Benoît, la rivalité me semble pourtant banale, si ce n'est qu'il en éprouve un sentiment de culpabilité et d'anxiété, probablement induit par ses parents, comme s'il avait de mauvaises relations avec son petit frère. Ce dernier, à 8 mois, est encore allaité par sa mère ; celle-ci dit d'ailleurs vouloir continuer l'allaitement jusqu'à la fin de l'hiver, afin que son petit ait une meilleure immunité.

Ce qui m'intéresse davantage, c'est le fait que Benoît se masturbe avec son ours en peluche devant ses parents. Son père le gronde ; sa mère, elle, ne dit rien, me confiant qu'elle n'ose pas parce que, petite, elle a subi des attouchements de la part d'un oncle. Elle se sent mal à l'aise pour aborder directement avec son fils le sujet de sa masturbation, comme si cela pouvait être assimilé à un abus de sa part à elle.

Si la masturbation est bien une étape essentielle dans le développement de l'identité sexuelle, elle doit rester cachée. Non pas parce que l'enfant en éprouve une quelconque culpabilité, mais plutôt parce qu'il a compris qu'il est propriétaire de son corps et peut l'explorer seul, sans avoir besoin d'autrui. On voit ainsi que la masturbation est un extraordinaire progrès et

---

1. Secouer, en provençal.

représente les prémices de la pudeur : le corps de l'enfant n'est plus à l'entière disposition des parents qui jusqu'ici le lavaient, l'habillaient. C'est d'ailleurs à cet âge qu'il commence à réclamer plus d'intimité, insiste pour s'habiller seul, refuse désormais d'être nu sur une plage.

Un enfant qui, comme Benoît, se masturbe devant ses parents mérite effectivement une consultation. D'autant qu'il arrive à l'orée de la phase de latence, qui est une période de mise en veille des émois sexués. Si Benoît continue cette pratique, et de façon ostentatoire, provocante, c'est sans doute qu'il y voit un moyen de « brancher » sa mère, d'attirer son attention. Celle-ci est en effet dans une relation très érotisée avec le petit frère ; cela entraîne chez Benoît une régression, une difficulté à grandir : les sensations offertes au bébé – qui n'est déjà plus tout à fait un bébé – lui sont désormais interdites ; pour les éprouver malgré tout, il ne trouve rien de mieux que de se masturber avec son ours. Sans doute Benoît ira-t-il mieux dès que sa mère aura renoncé à l'allaitement. En attendant, il me semble souhaitable que son père se rapproche de lui, à travers le foot notamment, afin que, dans le fond, la famille soit un temps composée de deux couples : la mère et le bébé, le père et Benoît, qui tirera de cette situation des garanties sur les avantages de grandir.

Lorsqu'elle est exhibitionniste, la masturbation devient un symptôme. Elle est souvent le signe apparent d'une dysharmonie du développement, un appel majeur pour exprimer un malaise plus profond, un trouble de l'identité non repéré. Il en va de même pour un enfant qui continue de se masturber vers 8 ou 9 ans, comme s'il n'avait pas accédé à la découverte anatomique de son sexe. C'est une autostimulation, une autoérotisation, une recherche d'émotions et d'impressions régressives à un âge où l'on se tourne vers d'autres explorations avec ceux et celles de son sexe, où l'on découvre le plaisir de parler et de jouer. La masturbation prolongée signe alors un trouble de la sociabilité, de la relation à autrui. On ne peut pas accéder à l'autre tant qu'on n'a pas accédé à soi-même.

Apprendre la pudeur

Juliette, 5 ans, a un très bon développement, mais depuis la naissance de son petit frère, elle refuse toute autorité, que ce soit à la maison ou à l'école, provoquant ses parents comme son institutrice. De plus, elle se masturbe souvent et en public.

Il faut ici signaler que la grand-mère de la fillette est atteinte d'un TOC (trouble obsessionnel compulsif) : elle passe son temps à se laver et lave aussi sa petite-fille lorsqu'elle la garde. Elle n'exige pas seulement qu'elle se lave les mains avant de passer à table, par exemple, mais quand la gamine va aux toilettes, elle savonne ses parties génitales, ne supportant pas ce qui, à ses yeux, pourrait ressembler à une souillure dérangeant son idée de l'ordre et de la propreté.

Il y a, de la part de cette grand-mère, une impudeur évidente qui pourrait expliquer le comportement de Juliette : puisqu'une adulte s'en occupe de la sorte, elle ne peut comprendre que son corps lui appartient et accéder à la pudeur. Il me semble pourtant que cette masturbation trouve sa source dans la relation au père.

Alors qu'il était très proche de Juliette, il s'en est détourné pour s'occuper de son fils nouveau-né, recommandant sans cesse à l'aînée de faire attention au petit frère, d'être sage, de montrer qu'elle est grande, toutes ces recommandations dont les parents abreuvent trop souvent les premiers de la fratrie. Juliette est en situation de rupture amoureuse avec son père : il lui demande de se conduire comme une petite maman, mais il l'abandonne au profit du bébé. Ayant perdu les échanges sensuels qu'elle pouvait avoir avec lui, elle est dans une situation de détresse psychique, mais aussi corporelle, qu'elle exprime en se masturbant, comme si cette sexualité autoérotique et publique pouvait remplacer la relation plus sensuelle avec le père et l'amour qu'il semble désormais consacrer à un autre.

Entre une grand-mère qui la savonne et un père qui la sanctionne, Juliette ne parvient pas à l'appropriation de son corps qui doit être préservé d'autrui. Sans doute faudrait-il qu'elle cesse d'être confiée à sa grand-mère, laquelle, du fait de sa maladie, ne peut s'empêcher de la laver. De son côté, le père devrait lui offrir des fleurs et l'emmener au restaurant en tête à tête, afin de rétablir un lien tendre et amoureux dont sa fille se sent privée, alors qu'elle en a besoin pour se construire.

Un signe de carence relationnelle

Elodie a 5 ans. Elle est parfaitement intégrée à l'école maternelle, a de bonnes relations avec les enfants de son âge, signe d'une sociabilité satisfaisante. Pourtant, elle se masturbe devant ses parents, et le plus souvent lorsqu'ils regardent ensemble des cassettes de dessins animés.

Nous sommes ici face à de « bons » parents qui ne laissent jamais leur enfant seule devant les images – le père me déclarant fièrement qu'il a déjà vu *Le Roi lion* plus de dix fois ! Mais des parents qui manquent peut-être un peu d'imagination pour improviser et créer des jeux, organiser des activités avec leur fille. En fin de période de l'œdipe, Elodie a en effet besoin d'être stimulée, intellectuellement et socialement, sur un mode ludique. Faute de stimulation extérieure, elle s'autostimule, par ennui et pour attirer l'attention. Elle utilise un comportement régressif pour leur exprimer, de façon paradoxale, qu'elle a grandi et est curieuse de nouveaux apprentissages. Voilà un méfait de la télévision dont on ne parle pas assez : l'ennui que sa vision intensive est susceptible de provoquer chez les enfants que l'on colle devant, même avec les meilleures intentions du monde.

Une petite fille de 4 ans et demi est amenée aux urgences à deux reprises parce qu'elle a introduit des poupées Barbie dans sa cavité vaginale. Pour expliquer ce geste répété, elle nous dit très joliment : « La poupée entre dans mon ventre, et après, elle sort. Elle naît. Et moi, je m'en occupe bien, je suis une gentille maman. »

L'histoire, à la fois malheureuse et splendide, vient montrer que la différence des sexes détermine des comportements différents devant la masturbation. Même si Freud considère le clitoris comme un organe quasi masculin puisque provenant du même bourgeon embryonnaire que le vagin, le sexe de la fille est interne ; celui du garçon, externe. Il voit ce que le petit

Hans – dont nous reparlerons – appelait son « fait-pipi », constate l'érection. Elle ne le voit pas, elle a des sensations plus clitoridiennes que vaginales, la connaissance de la cavité vaginale se situant aux alentours de 7 ans. Mais c'est encore une cavité « virtuelle » parce qu'invisible, dont certaines petites filles ne se contentent pas, cherchant à se la représenter de façon plus concrète, en y introduisant un doigt ou, comme la fillette des urgences, des objets avec lesquels elles risquent de se blesser.

Celle-ci a une maman malade, distante, froide, avec laquelle elle ne parvient pas à nouer des liens, qu'elle ne réussit pas à accrocher. La masturbation apparaît alors comme la marque d'une carence affective et relationnelle. Faute de pouvoir entrer en contact avec sa mère, privée de la tendresse nécessaire, la fille rejoue une naissance symbolique afin de réinventer une maternité plus conforme à ses attentes.

Si ce genre d'histoire nous frappe, c'est parce qu'elle déborde le cadre d'une masturbation « normale ». A savoir que, à cet âge, les enfants n'ont pas dans l'idée de pénétrer ou d'être pénétré ; ils sont dans l'exploration externe et périphérique de leurs organes génitaux, par le toucher ou le contact, le frottement, recherchant alors le plaisir en se serrant contre un jouet ou en se mettant à califourchon sur le dos d'un chien. Lorsque la masturbation prend le caractère d'une sexualité agie, adulte, dans la mesure où elle utilise le sexe avec pénétration, elle ne va pas sans inquiéter les parents qui redoutent toujours des dommages sur la virginité de leur fille. Ils sont heureusement rares, mais il n'empêche que le symptôme masturbatoire doit être pris en compte.

Hilale, qui signifie « Lune » en tunisien, vivait avec sa mère, son père, amputé d'un pied, et son petit frère. Il était atteint d'un autisme infantile primaire. Je l'avais rencontré à une époque où j'avais décidé de passer parfois une journée entière dans les familles d'autistes, afin d'essayer de mieux comprendre le fonctionnement de ces enfants et les réactions de leur entourage familial qui vit souvent un véritable enfer.

Hilale ne tenait pas en place, tournoyait sans cesse autour de la table, mangeait avec les mains, buvait au robinet, crachait, vomissait, déféquait par terre. Sans aucune douceur, il tapotait la joue de son frère, le rudoyait sans ménagement. Il allait régulièrement à la fenêtre, secouant les barreaux dans l'espoir de les desceller afin de s'échapper. Il s'échappa une fois, mais par d'autres moyens, et on le signala, courant nu sur l'autoroute Nord de Marseille, en hurlant des onomatopées incompréhensibles et provoquant quelques accidents.

Hilale se masturbait sans arrêt, prenant le pied de sa mère pour frotter son sexe. Si celle-ci refusait, il entrait dans des colères d'une violence inouïe, tapant avec acharnement sur le moignon de son père amputé.

Les autistes restent dans un rapport corporel très archaïque. Mordre, tirer les cheveux, sentir, renifler leurs parents, comme le faisait Hilale, sont autant de signes caractéristiques d'une évolution sexuelle bloquée à un stade primaire. La masturbation en fait partie. Un petit garçon qui se masturbe ou s'exhibe devant sa mère, une petite fille qui se frotte sans cesse contre la cuisse de son père montrent un retard dans leur organisation sexuelle. Ils sont l'un et l'autre dans un rapproché incestueux avec le parent dont ils n'arrivent pas à se décoller. La masturbation d'Hilale me semble un moyen de communication et de contact avec sa mère : une masturbation avec un objet partiel, un morceau d'autrui, le pied maternel, comme une référence au pied du père amputé et à l'angoisse de castration que cette amputation ne manque pas d'évoquer. Ce comportement vient souligner son trouble de l'évolution, mais il montre aussi sa recherche de relation avec le monde tel qu'il le perçoit.

Le plus souvent, chez les autistes, l'activité masturbatoire perdure et se poursuit même à l'âge adulte, alors que, dans le développement psychosexuel naturel, l'enfant va arrêter de se masturber, de lui-même, vers 6 ou 7 ans. Ayant apprivoisé son sexe et sachant désormais de façon certaine qu'il est une fille ou un garçon, il va être en quelque sorte libéré de tout ce qui a trait à la sexualité et pouvoir ainsi se tourner vers d'autres apprentissages.

La puberté, l'adolescence forment le troisième temps de la masturbation. Une masturbation plus que jamais cachée, mais, cette fois, une masturbation active. Le petit enfant qui se masturbe constate : « J'ai un sexe, c'est *mon* sexe. » L'adolescent est dans une autre interrogation : « Qu'est-ce que je peux faire de mon sexe ? » Le premier est davantage dans la sensualité – même si le but de sa masturbation est bien d'éprouver du plaisir ; le second est dans la sexualité, toutes les pulsions partielles étant désormais placées sous le primat d'une zone érogène unique, la zone génitale. On imagine alors que, parvenu à l'âge adulte, notre goût plus ou moins prononcé pour les préliminaires à l'acte sexuel sont des reviviscences archaïques et inconscientes de notre masturbation infantile et des émois qu'elle nous procurait.

La masturbation adolescente est préparatoire à l'acte sexuel. C'est un acte solitaire, un temps intermédiaire, temps de non-sexualité à deux, de découverte du plaisir sexuel et aussi de l'orgasme, qui est la grande révélation de ce temps d'explosion qu'est l'adolescence. 70 % des garçons ont leur première éjaculation en se masturbant. Pour eux comme pour les filles, la masturbation est une activité autocentrée, avant de passer à une activité hétérocentrée, dans la rencontre physique et sexuelle de l'autre. Elle permet de découvrir son corps d'une autre façon, de savoir ce que l'on aime et ce qui nous procure du plaisir. Elle est l'occasion de rêver une relation sexuelle idéale et de construire des scénarios amoureux qui rassurent sur ses capacités à aimer et à être aimé(e).

Dans le même temps qu'elle calme certaines angoisses et sert à décharger une part de l'agressivité ressentie à cette période de la vie, elle peut être aussi génératrice d'angoisse, notamment chez les garçons, toujours inquiets de la dimension de leur verge et des performances qu'elle est susceptible de réaliser.

*

Comment réagir si l'on surprend son enfant en train de se masturber ?

L'essentiel est sûrement de ne pas le sermonner en lui laissant entendre que c'est sale ou en le menaçant de sanction, car il risquerait d'en conclure que tout ce qui a trait à cette partie de son corps est un peu honteux et que le plaisir qu'il éprouve est un plaisir coupable. Surtout si on le surprend en train de se masturber dans sa chambre, il convient de ne rien dire et, la prochaine fois, de prendre la précaution de frapper avant d'entrer. En cas de masturbation publique, le mieux est sans doute d'expliquer que c'est une activité intime, qui se pratique à l'abri des regards, ce qui suffit pour empêcher l'enfant de recommencer. Ce n'est que si cette attitude perdure malgré tout, et de façon ostentatoire, qu'elle doit être considérée comme un symptôme.

Enfin, il va sans dire que, à l'adolescence moins que jamais, les parents n'ont pas à s'autoriser à entrer dans la chambre de leur enfant sans frapper, ni à surveiller l'état de leur literie. Les adolescents, filles et garçons, parlent peu, voire jamais, même entre eux, de leur masturbation. Comment décrire en effet l'émoi qu'elle leur procure ? C'est un vertige qui fait perdre pied, qui ouvre l'espace d'un monde inconnu et qui reste à découvrir. Mais un monde intime, que l'on doit conquérir seul, loin des regards.

Est-il normal qu'un enfant de 6, 7 ans continue de se promener nu sans aucune gêne ?

C'est un comportement exhibitionniste, peut-être une tentative de séduction, par lequel il cherche probablement une réassurance narcissique. Je crois qu'il convient de lui dire qu'il est un beau petit garçon ou une belle petite fille, mais que son sexe est à lui et ne regarde que lui. On ne peut pas autoriser aux enfants ce que l'on s'interdit à soi-même. A mon sens, les parents ne doivent pas s'exhiber nus devant leurs enfants ; l'inverse est également valable. La pudeur doit être respectée par les uns comme par les autres.

Peut-on continuer à prendre un bain avec un enfant de 4 ou 5 ans ?

Le corps à corps possède bien des vertus tant que l'enfant est encore un tout petit bébé. Mais, à partir de 3 ans, alors qu'il entre dans la période du complexe d'Œdipe, il est largement temps d'y mettre fin, si ce n'est déjà fait. Prendre son bain avec lui entraîne un rapport beaucoup trop érotisé ; surtout à cet âge où il éprouve excitation et désir, un trop grand rapproché avec ses parents risque de provoquer trouble et malaise, d'autant qu'il commence à vouloir se cacher. Il est fort probable que l'enfant émette lui-même des signes de pudeur : il détourne les yeux quand vous entrez dans la baignoire, ou ne cesse d'ajouter de la mousse, pour mieux signifier qu'il ne veut ni voir ni être vu. Si les parents souhaitent néanmoins prolonger ce qu'ils considèrent comme un plaisir partagé, je leur recommanderai volontiers de mettre un maillot de bain. Mais la baignoire me semble devoir être considérée comme un espace intime, au même titre que le lit. On ne partage pas le lit avec son enfant, pas plus qu'on ne partage la baignoire.

Entre frère et sœur, en revanche, on peut faire preuve de plus de souplesse, à condition que les enfants soient d'accord pour prendre un même bain – le lit, lui, ne se partage pas, sauf occasionnellement. Dans tous les cas, on arrêtera dès que l'aîné parviendra à l'orée de la puberté, de même que l'on essaiera, autant que faire se peut, de lui aménager une chambre individuelle.

Est-il normal qu'un enfant veuille jouer avec les organes génitaux de ses parents ?

On interdit aussitôt, surtout à partir de 3 ans, au

moment de l'entrée dans la phase œdipienne. L'enfant s'autorise là à vous traiter comme des jouets que vous n'êtes pas. De même que son sexe est à lui, votre sexe vous appartient et il n'a pas à le toucher, comme vous ne vous autorisez plus à toucher le sien. Je dirais volontiers qu'il faut être pudibond avec ses organes génitaux. Le mieux étant sans doute de ne pas les exhiber devant son enfant.

S'identifier

Pour Freud, « l'identification est l'expression première d'un lien affectif à une autre personne ». Elle
prend différentes formes : identification presque can-
nibalique des tout débuts de la vie, lorsque le bébé
aspire sa mère avec laquelle il se confond ; identification au sens d'imitation, désir d'être comme, pareil à ;
identification au sens d'emprunt à une personne
aimée : on emprunte quelque chose que l'on voudrait
avoir, une attitude, un trait de caractère, et parfois aussi
un symptôme qui, même s'il est source de désagrément
et d'inconfort, permet à sa façon la satisfaction des
pulsions.

L'identification est l'opération centrale de la
construction de l'enfant. On comprend que les parents,
référents essentiels, en constituent le socle, et c'est
pourquoi il est si important d'avoir des parents
« suffisamment bons », c'est-à-dire des parents qui permettent à l'enfant de les imaginer forts et glorieux.
« Mon père, ma mère, ces héros... » Pourtant, on
ne s'identifie pas seulement à ses parents. Petit déjà,
l'enfant peut emprunter à une nounou ou à un ensei-
gnant une mimique, un mot, une expression – ce que
certaines mères ont parfois du mal à supporter. Plus il
grandit, plus les identifications vont se diversifier : il

s'identifie à un frère ou à une sœur, à des copains de son âge, à son meilleur ami, si essentiel au moment de l'adolescence, mais aussi à un maître ou à un professeur, les uns et les autres devenant des modèles identificatoires tout aussi importants que les parents puisque c'est aussi grâce à eux que l'enfant va se construire et s'affirmer en tant qu'individu.

Il ne suffit pas à une petite fille de dire : « Je suis comme maman » et à un petit garçon d'affirmer : « Je suis comme papa » pour être, se sentir et devenir fille ou garçon. On se définit aussi, et même essentiellement, par différence, par opposition. L'identification sexuée ne se fait donc pas seulement entre individus du même sexe ; elle se joue toujours dans une triangulation œdipienne, père, mère, enfant. Pour pouvoir s'approprier son sexe et son identité sexuée, il faut pouvoir s'identifier aux deux sexes. On n'est jamais 100 % garçon ou 100 % fille, mais on devient fille ou garçon en repérant, chez chacun de ses parents, sa part masculine et sa part féminine. D'où la nécessité d'avoir des parents bien différenciés qui, dans la sensorialité de leur éducation, affirment leur sexe, afin que l'enfant puisse se repérer. S'identifier, c'est capter chez la mère comme chez le père tout ce qui est de l'ordre de l'identité sexuée et qui n'a rien à voir avec leur sexualité.

Quand Œdipe pointe le bout de son nez

Claire, 4 ans, est en moyenne section de maternelle. Ses parents se sont séparés il y a deux ans et se partagent aujourd'hui la garde de leur fille selon un système à la mode, la garde alternée : une semaine chez la mère, une semaine chez le père. Claire, elle, est perdue ; lorsque je la vois seule, elle me confie qu'elle voudrait que ses parents vivent ensemble, montrant ainsi que, malgré le temps, elle ne parvient pas à faire le deuil du couple parental.

Le père de Claire a une amie chez laquelle il vit pendant les semaines où il n'a pas la garde de sa fille, mais il continue malgré tout à se prétendre très amoureux de son ex-compagne, à qui il réclame d'avoir des relations sexuelles qu'elle refuse, ne pouvant supporter la bigamie. Chaque fois qu'il vient chez elle, il a des gestes de tendresse, retarde sans cesse le moment de partir, prend l'air malheureux de quitter cette femme et cette fille qu'il aime tant. Claire, elle, ne comprend pas pourquoi la mère rejette ce père si gentil, si attentionné et qui les aime, un père qu'elle idolâtre et qui, par son comportement, exerce sur elle une véritable séduction pathologique.

La période œdipienne, que l'on situe entre 3 et 6 ans, constitue l'un des points forts du processus d'identification et de construction de l'enfant, car elle joue un rôle prépondérant dans l'orientation de son désir.

Œdipe est fils de Laïos, roi de Thèbes, et de Jocaste. L'oracle ayant prédit au roi qu'il se ferait tuer par ce fils, Laïos le confie à un serviteur, chargé de l'abandonner sur le mont Cithérion, suspendu à un arbre par les pieds. (De là le nom d'Œdipe, *Oidipos*, qui en grec signifie « pieds enflés ».)

Désobéissant à son maître, le serviteur confie l'enfant à Polybe, roi de Corinthe, et à son épouse Mérope, qui n'ont pas de descendance et l'adoptent. Œdipe grandit dans l'harmonie jusqu'à ce qu'il entende des rumeurs affirmant que Polybe et Mérope ne sont pas ses vrais parents. Il consulte alors l'oracle de Delphes, qui lui assure qu'il tuera son père et épousera sa mère. C'est pour échapper à cette prédiction qu'Œdipe s'enfuit. Mais voilà qu'en chemin il rencontre Laïos. Une dispute éclate entre les deux hommes ; le plus jeune tue le plus âgé, ignorant qu'il est son père, et poursuit sa route.

En arrivant à Thèbes, il est confronté au Sphinx, monstre féminin avec des ailes et des griffes, qui barre l'entrée de Thèbes, tuant tous ceux qui ne répondent pas à l'énigme qu'il leur pose : « Quel est l'animal qui le matin marche sur quatre pattes, à midi sur deux pattes et le soir sur trois pattes ? » Cet animal, c'est l'homme. Œdipe, ayant trouvé la réponse, libère Thèbes du monstre qui se tue. Pour le récompenser, Créon, régent depuis la mort de Laïos, lui offre comme épouse Jocaste, à laquelle il donne trois enfants.

La peste et la famine s'abattent bientôt sur la ville et l'oracle déclare qu'elles disparaîtront lorsque le meurtrier de Laïos sera chassé. Œdipe, qui va le consulter, apprend la terrible vérité. Jocaste se suicide, Œdipe se crève les yeux et s'exile avec sa fille Antigone.

Freud reprend le mythe, dans son côté le plus tragique, le plus théâtral et le plus outré, pour mieux définir ce qui lui semble être une tendance très généralement partagée par tous les enfants : désir pour le parent du sexe opposé, et élimination du parent du même sexe, considéré comme un rival. Bien sûr, ce n'est pas aussi caricatural que cela, et l'enfant est partagé entre rivalité et tendresse pour l'un, désir et rejet pour l'autre, mais on imagine l'importance d'avoir en face de soi deux parents bien identifiés, deux pôles identificatoires distincts, chacun occupant la place qui est la sienne et l'affirmant, afin de se poser en obstacle à la réalisation – impossible – des désirs de l'enfant.

La petite Claire, évoquée plus haut, n'a pas ces repères : elle en veut à sa mère, si méchante de ne pas aimer son papa, un amour qu'elle reprend à son compte, restant dans un rapport très érotique avec son père, lequel par son attitude se met en position incestueuse. Il capte sa fille sans qu'elle ait en face d'elle de rivale possible. Pour qu'elle puisse se repérer dans ses identifications sexuées, il faudrait que le père lui présente sa petite amie et que la mère, de son côté, ait un nouvel homme dans sa vie, afin que Claire retrouve une image masculine et paternelle plus solide.

A 5 ans, Constance ne parvient pas à se décoller de sa mère. Ses parents sont en train de divorcer et, alors que son frère de 11 ans a choisi de vivre avec son père, la petite fille refuse de lâcher la mère. Elle recherche toujours sa présence, ne quitte pas ses genoux... La mère a un ami dont elle ne parle pas, sans doute dans le but de ne pas entrer dans une procédure de divorce pour faute qui l'invaliderait vis-à-vis de ses deux enfants. Elle est dans une ambivalence importante : à certains moments, elle semble souhaiter que sa fille aille elle aussi vivre chez son père, lequel, d'après ses dires, la rend responsable d'un divorce qu'elle a réclamé.

C'est une consultation assez banale, pour un motif qui paraît lui aussi de plus en plus banal : un divorce difficile. Evidemment, les pédopsychiatres ne voient que les divorces un peu pathologiques, où les parents se disputent sans cesse, même après des années, prenant malgré eux leurs enfants comme otages, moyens de chantage ou de pression, ce qui prive ces derniers de repères identificatoires stables. Pour tenter de minimiser les effets du divorce, on parle beaucoup de recomposition familiale. Mais, avant la recomposition, il y a un temps de décomposition qui est, à mon avis, beaucoup plus important et beaucoup plus délicat, car c'est là que se situent les souffrances, les troubles de l'identification, les ruptures parfois définitives entre parents et enfants.

Si Constance colle à sa mère, comme on l'observe souvent, c'est d'une part parce que le papa n'est plus là, entraînant une disparition du couple parental, et d'autre part, parce que l'amoureux de la mère est caché. Dans ce cas, il n'y a plus, entre la mère et l'enfant, de tiers séparateur, père ou compagnon, pour empêcher une relation fusionnelle qui invalide le processus de séparation / individuation nécessaire pour permettre aux enfants de grandir.

Dans cette histoire, le divorce sert de révélateur à une tendance régressive, préexistante chez la petite fille. Sa mère me raconte en effet que, lorsqu'elle avait essayé de reprendre un travail, des somatisations étaient apparues chez l'enfant : elle toussait, vomissait, avait de la fièvre... montrant déjà des difficultés à se séparer qui étaient canalisées par la présence d'une image masculine. Le divorce vient donc les renforcer tout en leur permettant de s'exprimer pleinement, sans plus de somatisations.

Dans les divorces, les enfants ont toujours tendance à se ranger du côté du parent qu'ils perçoivent comme le plus fragile et veulent protéger. Ce qui est intéressant ici, c'est que le frère choisit son père, qu'il sent bafoué puisque c'est la mère qui a demandé le divorce, alors que la sœur refuse de quitter la mère dont elle ne peut se séparer. Se séparer est pourtant essentiel pour l'enfant qui acquiert ainsi une autonomie sans laquelle il ne peut pas grandir. Constance continue d'avoir un rapproché avec le corps de la mère, de nature érotique et quasi masturbatoire. Elle veut sans cesse l'embrasser, lui caresser les cheveux... recherche des émois que, à son âge, elle devrait pouvoir trouver ailleurs : avec des copines, un fiancé à la maternelle, une masturbation cachée, autant de découvertes qui lui appartiendraient en propre. Au lieu de quoi, elle a un trouble du développement quant à l'autonomie corporelle. De manière évidente, on peut dire que, lorsqu'on n'est plus un bébé, on ne fonctionne plus comme un bébé.

Il semble donc tout à fait essentiel que la mère de Constance montre enfin son ami qui viendra s'interposer dans un corps à corps mère / fille très invalidant pour le développement de cette dernière.

Fille et garçon ont, au début de leur vie, un même objet d'attachement primaire, la mère. Au moment du complexe d'Œdipe, la fille doit d'abord se poser en rivale de cet objet de même sexe, tandis que le garçon va s'efforcer de le conquérir en s'identifiant au père. On voit ainsi que la fille est dans un processus d'identification plus important, alors que le garçon est en rupture avec l'objet d'identification primaire. Peut-être faut-il voir là l'origine de ce lien si particulier, unique, entre mère et fille... Cependant, pour la fille comme pour le garçon, l'œdipe me semble se concevoir, sur le plan symbolique, comme la sortie définitive du ventre de la mère, la fin d'une fusion qui a présidé aux premières années de la vie et à laquelle il faut désormais renoncer, pour pouvoir exister, soi, à la fois différent et semblable, mais autonome.

C'est pourquoi, psychiatre, je plaide pour que les parents, chacun de leur côté, aient des relations amoureuses et sexuelles après leur divorce, car elles interdisent une trop grande proximité entre parents et enfants. Dans l'idéal, il faudrait que les deux parents aient une nouvelle histoire d'amour car celui qui est isolé sera toujours perçu comme le plus fragile et l'enfant aura tendance à fusionner avec lui, comme pour mieux le protéger. « Est-ce que maman ne va pas avoir peur, seule dans son lit, la nuit ? » « Est-ce que papa va pouvoir vivre tout seul alors qu'il est si triste ? » L'enfant qui a besoin d'idéaliser ses parents va, en fusionnant, transformer leur fragilité en merveilleux, en une qualité de proximité et d'attention. « Ma mère m'aime tellement qu'elle sacrifie tout pour moi. » Il faudra attendre la puberté pour qu'ils bousculent ces images idéalisées, le divorce posant à cette période un problème singulier : les parents, qui se disputent et s'invalident mutuellement, empêchent l'adolescent de les invalider et les démolir lui-même et lui volent une part essentielle de son adolescence.

Un coupable désir

Sarah, 9 ans, a des difficultés d'élocution qui la rendent parfois incompréhensible et gênent sa scolarité. Elle se plaint beaucoup du fait que ses camarades se moquent sans cesse d'elle. Sarah a une peur très vive des couteaux ; dès qu'elle en aperçoit un, elle se cache, refuse de réapparaître tant qu'on ne l'a pas rangé. A cause de cela, elle ne va pas à la cantine.

Dans un premier temps, cette phobie très particulière peut être interprétée comme une séquelle d'une petite intervention chirurgicale qu'elle a subie l'été précédent. Elle est apparue alors que sa mère tentait de lui apprendre à peler une pomme, ce qui nous ramène au mythe biblique d'Adam et Eve croquant le fruit défendu et engendrant tant de nos malheurs. Est-ce parce qu'elle craint de provoquer des foudres divines que Sarah ne parvient pas à éplucher la pomme ?

Son histoire est encore plus singulière : son père, transsexuel, s'est fait opérer récemment pour devenir une femme. La peur des couteaux renvoie alors à cette castration chirurgicale. Si l'on peut transformer un garçon en fille, sans doute dans l'esprit de la fillette l'inverse est-il tout aussi vrai. Et elle est en proie à une vive angoisse de castration.

C'est à travers le cas d'un petit garçon appelé Hans, traité pour phobie, que Freud va faire, pour la première fois, une « démonstration directe » de ses théories sur la sexualité infantile – et notamment de cette angoisse de castration – jusqu'alors élaborées à partir d'observations et d'analyses d'adultes.

Le petit Hans est très préoccupé par son sexe, qu'il désigne sous le nom de « fait-pipi ». Comme tous les petits garçons du monde, il croit d'ailleurs que tous les êtres humains possèdent ce même organe et, lorsqu'il lui pose la question, sa mère ne le détrompe pas. Aussi, quand sa sœur naît, Hans, 3 ans et demi, est-il très déçu par son « fait-pipi » étrangement petit. Puis, un jour où il n'est pas sage, sa mère le menace : si Hans continue, elle appellera le médecin qui lui coupera son

« fait-pipi ». A la suite de cela, l'enfant va faire un cauchemar dans lequel il imagine que sa mère est partie et qu'il se retrouve seul, sans plus personne pour lui faire des câlins. Puis il se met à avoir peur dans la rue. Peur, dit-il à sa mère, qu'un cheval le morde et même qu'il vienne jusqu'à la maison.

Pour Freud, la terrible angoisse du petit Hans est due à la très grande tendresse qu'il éprouve pour sa mère mais n'ose exprimer, comme s'il pressentait que ce trop d'amour était interdit. Dans son cauchemar, le cheval menace, en le mordant, de l'amputer de son sexe ; en cela, il symbolise le père qui pourrait couper le sexe de son enfant pour le punir de désirer sa mère. Tous les garçons sont autant de petits Hans. Amoureux de leur maman, coupables de trop l'aimer, angoissés à l'idée de la terrible punition qu'ils encourent. Ainsi le lion qui terrorisait mes nuits enfantines n'était-il là que pour m'interdire, en me menaçant, un désir impossible.

Si l'on admet sans aucune réserve l'idée d'angoisse de castration chez le garçon, angoisse qui lui permettrait de sortir du complexe d'Œdipe, on est en droit de se demander ce qu'il en est pour la fille. Toujours d'après Freud, celle-ci souffrirait d'un manque de pénis – pénis en tant que représentant du phallus, symbole de puissance – et désirerait en posséder un ; elle finirait par renoncer à ce désir pour le remplacer par un désir d'enfant, ce qui expliquerait qu'elle prenne son père comme objet d'amour. De toutes les hypothèses émises par le père de la psychanalyse, c'est là l'une des plus contestées, et des plus contestables. Sans doute faut-il commencer par la relativiser. Si la fille peut « souffrir » d'un manque de pénis, le petit garçon « souffre » sans doute de ne pas avoir de seins et de ne pas pouvoir porter d'enfants, les deux sexes étant alors également confrontés à la question du manque. A mon sens, l'absence de pénis pose davantage de problème au garçon qui se demande comment la fille fait pipi. Elle le sait bien et, si elle constate une différence anatomique, elle n'en éprouve aucune frustration. Il me semble que, paradoxalement, chez la petite fille, ce manque permet de comprendre plus vite que, pour elle, la sexualité ne se joue pas à l'extérieur, mais à l'intérieur. Par le manque de pénis, elle comprendrait presque la grossesse, même si elle n'a pas la notion de ce que sont l'utérus, les ovaires et les organes sexuels internes. Cette différence entre interne et externe est au cœur même de la différence des sexes et se retrouvera tout au long du développement sexuel : testicules pour le garçon, ovaires pour la fille ; éjaculation, ovulation ; visible, invisible ; exhibitionnisme pour le garçon, intériorisation pour la fille ; pénétrer, être pénétré(e)... Une dualité qui fonde la notion même de sexualité.

Sans doute comprendrez-vous mieux, à présent, pourquoi l'angoisse de castration que la petite Sarah exprime à travers sa peur des couteaux m'apparaît comme une identification masculine ; elle s'identifie au sexe « perdu » du père, dont elle dit joliment : « Mon père est devenu une fille. Il a pris des médicaments, il a de la poitrine et il porte une robe ; ça fait comme si j'avais une grande sœur maintenant. » Comment être la fille d'un papa qui est une femme ? C'est toute la question que pose Sarah. Pour devenir vraiment une fille (ou un garçon), il faut avoir un papa et une maman bien différenciés ; c'est parce qu'elle a perdu la part masculine de son père qu'elle l'exacerbe à présent, en la reprenant à son compte, s'efforçant de ressembler à l'homme qui a anatomiquement disparu de sa vie.

Lors d'une consultation, Sarah va d'ailleurs faire trois dessins tout à fait significatifs. Sur le premier, une princesse douée de pouvoirs magiques crée un sexe au prince qui n'en avait pas. Sur les deux autres, sa mère et son ami se font des baisers sur l'anus, puis le second pète sur la « zézette » de la maman, tandis que des cœurs sortent de leur sexe et de leur anus. Au-delà des difficultés d'identification, Sarah montre par là une régression au stade sadique anal, comme si la castration de son père, ressentie comme une extrême violence, la renvoyait à cette phase du développement où l'agressivité domine.

Thomas, 7 ans, est amené par sa mère. C'est un garçon vif, remarquablement intelligent, doué d'un excellent sens de la repartie. Lorsque je lui demande, de façon un peu lourde, si plus tard il voudrait épouser sa maman, il me répond sans hésiter : « Et toi, pourquoi tu ne t'es pas marié avec la tienne ? », montrant qu'il est sorti de la période œdipienne.

Ses parents se sont séparés alors qu'il avait à peine trois semaines. Pendant les six années qui ont suivi, la mère a vécu avec un ami qui a brutalement disparu sans qu'elle fournisse la moindre explication à son fils. Elle vit aujourd'hui avec un autre homme qui est transsexuel et veut se faire opérer. C'est en tout cas ce que Thomas a entendu. Lui-même dit à présent : « Je veux être une fille » et réclame des jouets et des vêtements de fille. Sa grand-mère paternelle et son père refusent catégoriquement, alors que sa mère ne voit là rien de choquant, encore moins d'inquiétant. Si elle amène son fils en consultation, c'est parce qu'il a des idées noires et exprime des souhaits de mort.

Le moins que l'on puisse dire est que Thomas vit une situation pathétique, ingérable au plan psychique pour un enfant de cet âge : sa mère vit avec un homme qui va devenir une femme sans que cela semble la perturber. Elle montre par là une composante homosexuelle qui peut expliquer pourquoi elle trouve normal que son fils réclame jouets et vêtements de fille.

Les idées noires de ce garçon me semblent à mettre en rapport avec l'amputation prochaine de l'ami de sa mère, vécue comme une mort symbolique. La mort est déjà très présente dans cette famille : un oncle maternel s'est tué dans un accident de voiture, l'autre s'est suicidé. Quant au père biologique, il est très peu présent ; le beau-père a quant à lui disparu à son tour. Lorsque le garçon déclare : « Je veux être une fille », il n'exprime pas un choix homosexuel précoce, mais une crainte profonde : autour de lui, tous les hommes sont menacés de mort ou de castration, la mère amputant ou tuant tout ce qui est masculin. Pour survivre dans le désir de la mère, qui semble vouloir créer autour d'elle un monde exclusivement féminin, Thomas proclame sa volonté d'être une fille. Il n'est pas dans le délire de croire que la nature s'est trompée de sexe, comme on l'observe chez les transsexuels, mais il cherche à se protéger d'une mère amazone qui le met en péril dans son identité sexuée.

Comme pour mieux me prouver que rien n'est joué quant à cette identité, Thomas, resté seul avec moi en fin de consultation, me raconte que, en dormant, il ronfle et fait de gros pets sous les couvertures et me dit qu'avec moi il veut péter, relation virile s'il en est !

A la consultation suivante, il dira que plus tard il veut être pompier, métier masculin entre tous, rêve d'une majorité de petits garçons en devenir.

La maman de Benoît, 4 ans, a été opérée d'un cancer du sein, qui a nécessité une amputation. A la suite des traitements, elle a perdu ses cheveux. Elle va mieux à présent, mais trouve son fils un peu trop agressif et veut être sûre qu'il n'a pas trop mal vécu sa maladie. Durant toute la consultation, Benoît ne va pas cesser de jouer à la bagarre avec son ours en peluche. Lorsque je lui demande de me le prêter, il refuse, arguant du fait que j'ai un ours à moi. Lorsque je lui dis qu'il peut donc interchanger les deux sans rien perdre du plaisir du jeu, il proteste : son ours est à lui, et c'est un garçon de surcroît, tandis que le mien est une fille.

S'il est un attribut féminin entre tous, c'est bien la chevelure. D'ailleurs, sur leurs dessins, les enfants marquent la différence des sexes en dotant les filles de cheveux longs, préférant désigner le garçon par un chapeau haut de forme que l'on pourrait un peu conventionnellement assimiler à un symbole phallique. Une maman qui perd ses cheveux n'est donc plus tout à fait une maman, d'autant que celle de Benoît a aussi perdu un sein et ne peut plus presser son fils contre elle. C'est une mère amputée qui pose à Benoît le problème de son identification masculine. Il est en effet à l'âge où il construit son identité en s'appuyant sur les différences entre les deux sexes, se reconnaissant pareil à l'un et pas pareil à l'autre. En donnant un sexe à chacun de nos ours – qui ne se ressemblent pas tout à fait, mais ont en commun d'être pareillement asexués –, ne tente-t-il pas de me montrer que sa maman est bien une maman, même si elle a beaucoup changé ? De ce fait, il serait bien un garçon.

Benoît est un petit bonhomme vif, intelligent et sympathique, qui pose le problème du suivi psychologique des enfants dont les parents sont atteints d'un cancer : comment s'identifier à quelqu'un qui, du fait des traitements, ne ressemble plus à son sexe ? Comment supporter une transformation si brutale quand on en est à l'âge de l'immuabilité des images parentales ? Durant toute l'enfance, en effet, les enfants ne voient pas leurs parents vieillir. Ce n'est qu'à l'adolescence qu'ils prendront conscience de cette réalité qui les aidera à se détacher. Benoît est trop jeune pour l'affronter. Son agressivité, bien que relative, exprime toute l'agressivité que représente pour lui la métamorphose maternelle.

A 6 ans, Kevin refuse d'écrire, au prétexte qu'il n'y arrive pas, mais ce n'est pas pour cette raison que sa mère l'amène en consultation. Lors de la séparation de ses parents, Kevin a fait une tentative de suicide, essayant de s'étrangler avec la ceinture du peignoir de sa mère qui l'a retrouvé à temps, le teint déjà bleui par la strangulation. Il faut dire que le divorce n'est pas tout à fait ordinaire : son père s'est installé avec un homme ; sa mère a refait sa vie de son côté et a eu une fille. Lorsque je l'invite à dessiner, il représente la naissance de cette petite sœur, et dote sa mère d'un « kiki », comme il dit, bien qu'il s'efforce de soustraire son dessin à mon attention.

A l'évidence, Kevin ne sait plus où il en est de sa sexualité et ne comprend plus rien à rien. Il est le fils d'un père qui n'aura plus jamais d'enfants, du fait de son choix homosexuel tardif, un père qui est parti avec un homme tandis que la mère, sans ce père, fait une fille... On perçoit à quel point cela peut être complexe pour un enfant de 6 ans. En dessinant un sexe à sa mère, il transpose l'ambiguïté du choix sexué de son père. Dans le fond, avec une belle logique, il finit par penser que, puisque les hommes vivent avec des hommes et que les femmes font des enfants, il doit bien falloir que les filles aient aussi un sexe d'homme.

Dans un premier temps, l'essentiel me semble d'attaquer le syndrome dysgraphique de ce petit garçon. Par ses difficultés, il exprime son refus de se conformer à une règle sociale, comme son père a transgressé la règle en s'installant avec un homme. S'il reprend confiance en ses capacités graphiques, il pourra investir l'école et, grâce aux apprentissages, atténuer cette blessure dans son parcours.

Sa façon de s'identifier au père homosexuel, fût-ce par la transgression, ne remet pas en cause sa part masculine, car la force des identifications primitives résiste aux évolutions sexuées des parents. Quels que soient leur trouble, leur déviance, ils restent père et mère et, personnellement, je n'ai jamais rencontré de rejet ou de racisme de la part de l'enfant vis-à-vis d'un parent homosexuel.

Malgré tout, il faut bien reconnaître que, si l'amour est intact, des impasses dans les représentations identificatoires peuvent entraîner un déséquilibre tel que l'enfant a alors envie de disparaître. Les suicides à cet âge, heureusement rares, tendent cependant à augmenter, comme toutes les conduites à risque hier réservées à l'adolescence. Les jeunes enfants passent souvent à l'acte sans que rien n'ait pu le laisser prévoir.

Comme ils n'ont pas encore une conscience exacte de la mort, ils l'abordent sur un mode presque ludique : « Je meurs, mais ça ne va pas durer, je vais réapparaître. » Il en va tout autrement chez les adolescents qui, le plus souvent, « réussissent » leur suicide après une tentative ou un appel au secours que l'on n'a pas su entendre, marquant par là une réelle volonté d'en finir, si ce n'est avec la vie, du moins avec une souffrance insupportable et indicible.

Deuil sexué

Mathieu a 9 ans. Son père est hospitalisé pour un cancer généralisé et sa mère ne sait pas ce qu'elle doit dire ou non à son fils. C'est Mathieu qui me demande pourquoi il est là. Je lui dis alors que les médecins ont bien du mal à soigner la très grave maladie de son père... Le gamin éclate en sanglots et demande à sortir, pour revenir quelques instants plus tard en déclarant : « Mon père ne le sait pas, sinon, il me l'aurait sûrement dit. » A quoi je lui réponds que, oui, effectivement, son père ignore la gravité de son mal ; les médecins ayant préféré garder ce secret, il doit faire de même et ne rien dire à son père lorsqu'il ira le voir.

Le lendemain, Mathieu passera la journée à l'hôpital. Son père évoquera avec lui ses propres souvenirs d'enfance, sa passion du rugby, et aussi d'autres souvenirs partagés entre père et fils. Il mourra le soir même.

Lorsque je le revois, Mathieu est en phase de deuil. De manière très naturelle, il exprime ses craintes quant à la mort possible de sa mère, son envie de dormir à ses côtés, pour veiller sur elle, la protéger. Mais il me parle également de ses projets d'avenir : lorsque son père était encore vivant, il voulait devenir boulanger pâtissier ; désormais, il déclare vouloir reprendre le restaurant paternel.

Mélanie a 8 ans. C'est une petite fille sympathique mais qui veut à tout prix rester sur les genoux de sa mère, de façon un peu régressive pour une enfant de son âge. Son père est mort dans un accident de moto quatre semaines auparavant. Les parents venaient de se séparer et la mère a mis plusieurs jours avant de réussir à dire la vérité à sa fille. Durant toute la consultation, celle-ci refuse de me parler ; je lui propose cependant de revenir dans quelques mois pour voir comment elle va.

Six mois plus tard, Mélanie accepte de me parler. Elle revient de trois semaines en Corse, dans un village où elle a l'habitude de passer ses vacances, entre en CE2 et a l'air visiblement en pleine forme. Elle reproche à sa mère d'avoir attendu pour lui annoncer la mort de son père, mais si, pendant un temps, elle a affirmé vouloir le rejoindre, elle dit aujourd'hui de façon très sereine : « Quand on a aimé quelqu'un, il faut vivre même quand il a disparu, pour s'en souvenir », prouvant ainsi que le travail du deuil est en marche. En revanche, sa mère semble avoir plus de difficultés, tout lui étant prétexte à évoquer la disparition.

Il faut souligner que, dans sa capacité à faire le deuil, l'enfant est beaucoup plus rapide que l'adulte. S'il est déprimé, c'est davantage par fidélité au parent survivant que par fidélité au défunt. Après avoir cru que la mort était réversible, semblable à un sommeil dont on peut se réveiller, vers 8, 9 ans, les enfants comprennent qu'elle est définitive, irréversible. La mort d'un parent entraîne des réactions diverses : crainte de la disparition du « survivant », mais aussi rancune envers celui-ci qui n'a pas empêché l'autre de mourir. C'est sans doute le cas de Mélanie. Elle suppose une conduite à risque de la part de son père, malheureux d'avoir été quitté par la mère et, d'une certaine façon, par elle aussi. Puisque la mère n'a pas pu avouer cette mort, comme on avoue une faute, Mélanie en déduit qu'elle se sent coupable. Mais, de ce fait, elle se considère elle-même comme sa complice et exprime dans un premier temps sa culpabilité en disant vouloir rejoindre son père... Pourtant, elle se ressaisit rapidement, montrant à sa mère comment on doit survivre. Elle joue sur une rivalité amoureuse qui est d'une agressivité folle, comme si elle disait à sa mère : « Tu ne t'es pas assez occupée de lui, parce que tu ne l'aimais pas assez ; moi je l'aime plus et mieux, et c'est pour ça que je peux m'en souvenir et vivre. »

La réaction de Mathieu est tout autre. Les circonstances de la mort de son père étant très différentes, il n'en veut pas à sa mère. Au contraire, il cherche à la protéger, comme pour conjurer sa crainte qu'elle ne meure à son tour. C'est pour cela qu'il réclame de dormir avec elle, tirant par la même occasion un bénéfice secondaire de la disparition paternelle : celui de fusionner à nouveau afin de rester dans une position infantile. Pourtant, lorsqu'il annonce son intention de reprendre le restaurant de son père, malgré sa tristesse et son effondrement, il manifeste son désir de conquête. Il soutient sa mère, prend sur lui le poids des responsabilités matérielles, comme s'il pouvait devenir le conjoint ou, mieux encore, le père de sa mère endeuillée.

Le deuil est un processus sexué. Le sexe des enfants organise en effet le deuil parental, chacun tirant des bénéfices secondaires de la disparition. Mathieu se situe toujours en alliance avec sa mère, pour la séduire, s'identifiant massivement au défunt, tandis que Mélanie prend la supériorité sur sa mère et se pose en rivale, la mettant ainsi en position de grande fragilité.

J'ai tendance à penser que le deuil d'un père est plus facile à supporter, quel que soit le sexe de l'enfant – ce qui ne signifie pas qu'il ne laisse pas de traces, ni ne provoque de chagrin. Le deuil d'une mère est plus douloureux parce qu'il représente la perte d'un objet incontournable, d'une relation d'attachement primaire, organique, irremplaçable.

La mort de l'un ou de l'autre s'accompagne toujours d'une hypermaturation des enfants trop tôt confrontés à l'absence. Mais elle ne vient pas toujours perturber les processus identificatoires, bien au contraire. Un enfant risque beaucoup moins à s'identifier à un parent disparu idéalisé qu'à vivre avec un « mauvais » parent, qui l'oblige en quelque sorte à une rupture quotidienne et à un deuil presque chronique.

Mon père, le lion, avait tout juste 12 ans lorsque son père est mort. Celui-ci était parti voir sa mère dans les Abruzzes, moitié en train, moitié à pied. Est-ce l'effet de la chaleur, de l'effort et de la fatigue conjugués ? Mon grand-père, qui souffrait d'hypertension, a fait en arrivant un œdème aigu du poumon et est mort dans les bras de sa mère tant aimée – sans doute un œdipe pas tout à fait terminé.

Le téléphone fonctionnant peu et mal, voire pas du tout, mon père ignorait tout de cette fin tragique et allait plusieurs fois par jour à la gare de Toulon, pour guetter le retour de son père. Alors qu'il rentrait un soir chez lui, déçu par une vaine attente, il a entendu au loin les cris de sa mère...

J'ai toujours pensé que s'il avait été avec moi ce père si présent, si attentif, si aimant, si discret, c'est parce qu'il avait perdu le sien jeune. Et je pense encore que les enfants endeuillés font plus tard d'excellents parents, s'efforçant de créer et de vivre, à travers leurs propres enfants, la relation rêvée, jamais entachée, qu'ils imaginaient avec leur père ou leur mère disparus.

Certaines des histoires qui précèdent peuvent paraître outrées, marginales. Ma conviction que l'enfant, par sa singularité, son autonomie, est toujours à considérer comme celui qui initie ou exacerbe une pathologie, y trouve une limite. Certains troubles des parents, notamment des troubles de l'identité sexuée, représentent pour lui une difficulté très particulière, même si chacun va réagir avec des capacités qu'on ne soupçonne pas toujours.

Mais on ne répétera sans doute jamais assez que les enfants ont besoin d'images parentales différenciées – anatomiquement mais aussi et surtout psychiquement – et stables. Le trouble de l'identification commence dès lors qu'une de ces images est critiquable et ne permet plus l'idéalisation. Le psychiatre n'étant jamais devin et devant se garder de tout systématisme schématique, on ne peut prédire l'avenir de ces enfants, mais on constate que les difficultés et fragilités parentales, parce qu'elles brouillent les repères nécessaires, viennent freiner leur développement psychosexuel et compliquer un cheminement déjà naturellement complexe.

*

Que répondre à un enfant qui demande comment on fait les bébés ?

La mode veut que l'on dise les choses comme elles sont, en les désignant par leur nom. Heureusement, on ne va pas jusqu'à recommander aux parents de raconter l'acte sexuel dont leurs enfants sont issus ! Plus sérieusement, il faut insister sur le fait qu'un enfant de 4 ans ne comprend pas grand-chose aux histoires de spermatozoïdes, d'ovules et de fécondation. La meilleure preuve est qu'il oublie aussitôt tout ce qu'on a pu lui expliquer et reposera bientôt la même question. Pour ma part, je pense que moins on en dit, mieux cela vaut. La petite graine de papa déposée dans le ventre de maman, où elle peut rencontrer une autre graine qui va former un bébé, est une explication largement suffisante.

Quant à moi, je suis allé l'autre jour à Rabat et j'ai vu, au-dessus de la ville, des nuées de cigognes. J'ai compris alors comment j'étais né. Cela pour dire que les bébés qui naissent dans les choux ou sont apportés par les cigognes sont peut-être passés de mode mais me paraissent constituer une explication tout à fait valable. C'est une version de la naissance, à la façon des contes de Perrault, pleine de poésie et de magie. Comme si nos parents et arrière-grands-parents savaient mieux que nous le besoin de rêver des enfants. D'hier ou d'aujourd'hui, ils ont avant tout besoin d'imaginer qu'ils sont nés parce que leurs parents s'aimaient. L'idée de l'amour les aide à se construire ; l'idée de l'acte sexuel entre les parents fait effraction dans leur développement psychosexuel.

Faut-il interdire à une petite fille de trop se coller à son papa, à un petit garçon de se lover sans cesse contre sa mère ?

On ne doit pas interdire la tendresse, indispensable, mais l'érotisation, le rapproché presque masturbatoire avec le corps des parents. Cette interdiction n'a de sens que si elle est posée par le parent qui fait l'objet d'un amour par trop démonstratif. Si l'adulte concerné ne la formule pas, c'est son comportement à lui qui est sujet à interrogation, pas celui de l'enfant qui, en provoquant, cherche les limites indispensables à son développement. La limite est ici essentielle puisque c'est l'interdit de l'inceste dont il est question.

« Je suis un garçon, comme mon frère ! » « Je suis une fille, comme ma sœur ! » Ces affirmations sont-elles inquiétantes de la part d'un enfant du sexe opposé ?

On peut au contraire penser qu'elles sont rassurantes, montrant que les frères et sœurs ne sont pas que des voleurs d'amour parental mais qu'ils peuvent être des objets d'amour et des supports identificatoires précieux, puisqu'ils vont aider à se différencier.

Il n'est cependant pas exclu qu'elles viennent exprimer une rivalité : si les parents se montrent tellement contents d'avoir un garçon après avoir eu une fille (ou le contraire), l'aîné(e) en arrive parfois à penser que le sexe a de l'importance dans l'affection qu'on porte aux enfants. Il ou elle se proclame alors du sexe ressenti comme « préféré », afin d'être mieux et plus aimé. D'où la nécessité de les rassurer très vite en leur disant qu'on aime autant les filles que les garçons. Et en le prouvant !

La garde alternée est-elle meilleure pour l'équilibre de l'enfant ?

Disons d'entrée de jeu que la garde alternée, présentée comme un grand progrès, me paraît contestable. « Qui a deux maisons perd la raison », dit la chanson. Les enfants ont besoin de leurs deux parents, mais d'une seule maison, sinon ils risquent de ne plus savoir où ils habitent. Qu'on ne les prive pas de leur père, qu'il s'en occupe autant que faire se peut, cela va de soi. Selon un système un peu traditionnel, un week-end sur deux, le mercredi et la moitié des vacances ; ou, de façon un peu plus originale, une année chez la mère, une année chez le père ; ou la maternelle chez la mère, le primaire chez le père, et le secondaire à nouveau chez la mère. Voilà une vraie alternance, qui n'a rien à voir avec le découpage un peu mathématique de la garde alternée qui implique de tout avoir en double, sans quoi l'enfant va passer son temps à aller chercher chez l'un le jouet ou le bouquin oublié chez l'autre, obligeant par là ses parents à avoir des relations qui vont le maintenir dans l'espoir d'une réconciliation possible. La garde alternée suppose une entente parfaite entre les parents. Si parfaite qu'on en vient à se demander pourquoi ils ont bien pu se séparer.

Apprendre, attendre

Alors que les six ou sept premières années de la vie ont été placées sous le signe des pulsions, du plaisir, du désir, de la découverte de son corps et de son sexe, voilà que, brusquement, tout change. La pulsion sexuelle ne disparaît pas, mais elle met sa force et son énergie au service d'un autre but : l'apprentissage et la connaissance. Français, calcul, géographie, histoire, mais aussi violon, dessin... Le plaisir d'apprendre est lié pour l'enfant à un désir de plaire, d'être conforme à ce que les parents et la société attendent de lui. On voit bien que, si le but de la pulsion n'est plus explicitement sexuel, il peut lui être apparenté psychiquement. C'est ce que l'on désigne sous le nom de sublimation ; elle marque l'entrée dans la phase de latence qui va durer le temps de l'école primaire.

L'identité sexuée est désormais une réalité que l'on ne cesse d'affirmer. On peut d'ailleurs se demander si les apprentissages ne sont pas représentatifs d'une façon d'être de son sexe. Les filles sont plus attentives, plus concentrées, douées d'une capacité d'analyse plus fine, les garçons sont plus physiques, plus synthétiques, passionnés par les guerres napoléoniennes, tandis que les filles se sentent plus concernées par les malheurs d'Elisabeth d'Autriche. Apprendre ne serait finalement qu'une façon de plus d'affirmer son appartenance à l'un ou l'autre sexe. On s'en aperçoit lorsqu'on demande aux enfants du primaire ce qu'ils voudraient faire plus tard. Malgré les évolutions de notre société, les standards ont la vie dure : en majorité, les garçons rêvent de devenir pompiers ou footballeurs, tandis que les filles s'imaginent volontiers institutrices ou infirmières. D'un côté, la conquête par le combat ; de l'autre, le soin, le maternage, l'attention aux autres, qui préfigurent la maternité.

Au fronton des anciennes écoles de la République, on pouvait lire : école de filles, école de garçons. Aujourd'hui, la mixité est de mise dans toutes les écoles publiques, mais l'on peut se demander si les responsables de l'Education nationale d'hier n'avaient pas mieux compris ce qu'était la phase de latence. Car c'est bien une phase de séparation des sexes, l'un comme l'autre revendiquant leur appartenance, notamment à travers les vêtements. C'est l'âge où les garçons commencent à protester pour ne pas porter des pulls qui « font fille » et où les filles refusent tel pantalon sous prétexte que « ça fait garçon ». Les uns et les autres aiment à se retrouver entre eux, les premiers s'exerçant à des jeux collectifs dans la cour de récréation en traitant les filles de « chochottes », tandis que les secondes échangent des secrets, jouent à la marelle ou à la corde à sauter, en haussant les épaules devant « ces garçons idiots qui se tapent comme des brutes ». Si les garçons daignent s'intéresser aux filles, c'est pour les attaquer, leur tirer les cheveux, les capturer, tandis qu'elles tentent de s'échapper. Une cour de récréation en primaire n'est pas sans évoquer la Rome antique, Romulus et ses compagnons ravissant les filles de leurs voisins les Sabins... Il y a là une anticipation ludique de toutes les phases d'agression sexuelle, les tournantes et les viols collectifs devant être considérés comme une régression des garçons à un stade très immature où ils ne peuvent considérer les filles autrement que comme un gibier à capturer de force.

La phase de latence me semble une période d'attente groupale : « Soyons en groupe d'un même sexe et pensons à autre chose, cela fait toujours moins peur que d'être seul face à l'autre sexe, face à la sexualité », une attitude que l'on retrouvera un peu plus tard dans la bande de copains ou de copines des débuts de l'adolescence. Attente de l'autre sexe, attente de l'homme ou de la femme qui habite déjà en nous mais n'est pas encore prêt(e) à voir le jour, la phase de latence apparaît comme phase de distance sexuée, de respect, mais aussi de timidité et de repli.

Je reçois un petit garçon de 7 ans qui terrorise sa sœur de 12 ans de façon un peu particulière. Il l'observe, la guette, colle son œil derrière le trou de serrure de sa chambre, dans laquelle la malheureuse colle des chewing-gums pour interdire toute intrusion fraternelle.

J'ai avec cet enfant un dialogue tout à fait étrange.

« Pourquoi les femmes ont-elles peur des souris ? me demande-t-il.

– Qu'en penses-tu ?

– Je crois qu'elles ont peur que les souris leur rentrent dans les trous.

– Quels trous ?

– Tous les trous. »

Un peu plus tard, je lui demande ce qu'il voudrait

faire comme métier. Il me répond, très logique avec lui-même :

« Vétérinaire, pour élever des souris. »

Et puis enfin, il me pose une dernière question :

« Pourquoi les monstres sont horribles et ressemblent tous à des garçons ? »

A quoi je réponds qu'avec son attitude on peut sans peine imaginer que, pour sa sœur, il est un genre de petit monstre. Et voilà qu'il ajoute :

« J'ai très peur des squelettes et des momies. »

On a coutume de dire que la phase de latence est dénuée de toute préoccupation vis-à-vis de la sexualité, devenant en quelque sorte une capote psychique. Dois-je alors considérer ce petit garçon comme étrange parce qu'il est très intéressé par tout ce qui touche à sa sœur et au corps de celle-ci, à sa féminité ? Je crois qu'il est peut-être un peu précoce quant à ses préoccupations, mais, dans le même temps, sa curiosité est légitime, d'ordre anatomique, morphologique : il veut voir comment c'est fait, comment ça marche, une fille. Certes, ce petit garçon est agressif dans sa curiosité : il a menacé sa sœur de toutes sortes de sévices si elle continuait à refuser de lui montrer ses poils, le supplice des supplices consistant à lâcher des souris sur elle ! (Lorsqu'il lui avait demandé de quoi elle avait le plus peur sur terre, elle avait répondu que c'était des souris.)

Quand il dit que la souris va entrer par « tous les trous », il montre bien qu'il n'a pas encore de vraies notions de la sexualité. La bouche, l'anus, les oreilles, pour lui, c'est pareil, quelque chose qui peut être pénétré. Il imagine une souris exploratrice qui passe la tête à l'intérieur du corps de sa sœur et pourrait lui en révéler tous les mystères. Une souris dont la queue dépasse et dans laquelle on peut voir un symbole du pénis.

S'il ne craint pas les monstres, en revanche cet enfant semble effrayé par les momies et les squelettes, tout ce qui a trait à la mort, à la disparition du corps, quand il est, lui, tout à fait dans la vie, passionné par tout ce qui se rapporte au corps, à un corps sexué qui grandit et se transforme. Dans le fond, ce garçon montre sûrement une tendance érotique un peu en avance par rapport à son âge, et il s'affirme déjà comme un séducteur qui cherche les moyens de faire peur aux filles, peut-être pour pouvoir mieux les protéger par la suite. Il n'est pas interdit de penser que sa sœur, que je n'ai pas vue, par une façon d'être peut-être un peu provocatrice, un peu exhibitionniste, l'encourageait à son insu à s'intéresser aux mystères du corps sexué, aux relations fille-garçon un peu plus vite que la moyenne.

Je serais sans aucun doute beaucoup plus inquiet si un enfant en phase de latence me disait rêver d'avoir des relations sexuelles. Mais, dans le même temps où je l'écris, je me demande si ma réaction n'est pas totalement stéréotypée. Est-ce qu'on ne peut pas considérer la phase de latence comme une réussite de la société et particulièrement des parents, d'imposer aux enfants de ne pas avoir de sexualité ? Une sorte de carcan en forme de diktat : « Maintenant que tu es une fille ou un garçon, tu vas aller à l'école, apprendre à lire et à écrire, travailler pour te préparer un bel avenir. » Diktat accepté par les enfants qui laissent tomber tout ce qui est du registre sexuel et se consacrent à l'école, à la sociabilité, pour mieux se sentir aimés.

Un devoir d'oubli

Le plus curieux est qu'ils semblent oublier toutes les années qui précèdent et de quoi elles ont été faites. D'ailleurs, qui se souvient consciemment de ce qu'il ressentait, enfant, dans les bras de son père ou de sa mère ? Qui peut dire qu'il désirait l'un ou l'autre ? Tous les enfants du monde sont frappés d'amnésie infantile. Elle n'est pas due à une incapacité fonctionnelle, mais plus sûrement au fait que tout ce qui s'est passé au cours des six premières années de leur si courte vie, frappé du sceau du désir, du plaisir, de la sexualité, est refoulé dans l'inconscient. Jamais ces souvenirs ne reviendront à la mémoire ; ils peuvent pourtant se manifester sous forme de rêves ou de cauchemars, de lapsus, d'actes manqués ou de symptômes. C'est là le point suprême de la psychanalyse. Tout ce qui est insupportable, menaçant pour notre économie psychique, est rangé dans l'inconscient pour nous permettre de grandir sans être hanté par une culpabilité paralysante.

L'historien Fernand Braudel écrivait : « Il faut avoir un passé pour avoir un avenir. » Dans le cas de la sexualité, on pourrait presque dire que le contraire est vrai : il ne faut pas avoir de passé pour avoir un avenir. A tout le moins, il ne faut pas se souvenir de ce passé. On parle, à juste titre, de devoir de mémoire par rapport à certains événements de l'Histoire. Dans le domaine de la sexualité, de l'intimité, de l'identité, il y a un devoir d'oubli. Oublier le malheur. Oublier la sexualité infantile. Est-ce qu'une grande part de notre énergie ne provient pas de ces oublis continuels qui nous permettent de toujours rêver à quelque chose d'inédit, d'inconnu, de parfait ?

L'amnésie infantile est donc indispensable. Pour avoir un avenir psychique, il ne faut pas avoir de pensées fantasmatiques archaïques. On le voit bien dans les troubles graves de la personnalité où les patients sont encore sous l'emprise de phénomènes anciens sans cesse réactualisés. L'amnésie nous protège ainsi de nos émois sexuels infantiles, et c'est ce qui va nous permettre, plus tard, de vivre nos émois amoureux. La sexualité infantile apparaît alors comme la préhistoire de nos passions, dont on a heureusement oublié les méandres.

Des images qui agressent

Antoine a 7 ans. Il vient me voir parce que la directrice de l'école a signalé à la maman certains comportements étranges, de type sexuels, trop ouverts et trop appuyés : une tendance à dire des mots crus, à mimer certains actes, non sans réalisme. La directrice a eu raison : à cet âge-là, la pudeur doit régner, à l'école comme à la maison, et si les enfants continuent à jouer au docteur, c'est entre eux, à l'abri des regards des adultes.

Antoine nous confie quelque chose de grave : un autre petit garçon de sa classe lui aurait demandé de « faire l'amour », de lui « grimper dessus »...

On peut aussitôt se demander si Antoine n'a pas été victime d'un abus ou d'une agression qu'il reproduirait pour s'en libérer. Lui-même nous rassure en nous racontant ce qui suit : il y a quelques mois, alors qu'il passait le week-end chez son père (les parents étant séparés), il a regardé une cassette vidéo. Croyant qu'il s'agissait d'un dessin animé, son père n'a rien dit, mais au moment où il est entré dans la pièce, il a découvert que son fils visionnait un film à caractère pornographique. Il a aussitôt arrêté la cassette, mais Antoine en avait déjà vu assez.

En dehors des films pornographiques, il faut ici dénoncer l'abandon cathodique dont sont victimes les enfants. Dès lors que les parents ne veulent plus s'occuper d'eux et cherchent un moment de tranquillité, ils les collent devant la télévision ou devant une cassette, sans toujours se soucier de ce que les enfants regardent.

Pour Antoine, s'il n'y a pas abus physique, on peut parler d'abus d'images, susceptible d'entraîner, chez les enfants, un passage à l'acte dans la réalité, comme une reproduction presque ludique de ce qu'ils ont vu. Les images pornographiques sont terriblement agressives. Elles ne montrent jamais l'amour, les sentiments, mais la sexualité dans ce qu'elle peut avoir de plus brutal, de plus animal, et sont de nature à créer un traumatisme, au même titre qu'une agression physique, chez un enfant qui les subit passivement. En revanche, et contrairement à tout ce que l'on a pu dire dans les récents débats sur la pornographie et la violence à la télévision, il me semble que les adolescents, dans leur très large majorité, sont capables de faire la part des choses. Autrement dit, je ne crois pas que la vision d'un film porno puisse entraîner des passages à l'acte violents, des attitudes machistes, un mépris de la femme, sauf si le terrain est préparé.

Antoine mérite que ses parents respectent sa pudeur naturelle et prennent soin de dissimuler ce qui est de l'ordre de leurs fantasmes et leur appartient. Il ne me semble pas nécessiter de suivi psychologique pour le moment, mais il va sans dire qu'il faut le surveiller très attentivement : si des faits similaires se reproduisaient, cela risquerait d'ancrer chez lui un traumatisme.

Amour, amitié et trahison

La période de latence est aussi une période de grande socialisation ; à cet âge se rencontrent les premiers copains et copines, mais aussi les premiers vrais amis, inséparables, sans qui le monde paraît plus vide. A travers ces attachements, parfois exclusifs, l'enfant montre qu'il grandit.

Amélie, 10 ans, me déclare : « Si on vient ici, c'est parce que je ne peux pas m'empêcher d'être méchante. » Intelligente et douée, elle vit avec ses parents et sa sœur aînée, au sein d'une famille chaleureuse et unie, famille musicienne dans laquelle chacun joue d'au moins un instrument, Amélie et sa sœur suivant, en plus de leur scolarité, des cours de musique assez intensifs au conservatoire.

Depuis quelque temps, Amélie, jusqu'alors si douce, si exemplaire, agresse tout le monde : ses amies, son institutrice, sa sœur et ses parents. Un rien suffit à provoquer sa colère qu'elle exprime de façon un peu théâtrale en criant, tapant du pied, pleurant, boudant...

Amélie avait une grande amie qui est partie vivre

un an à l'étranger à cause d'une mutation professionnelle des parents. Ce départ l'avait attristée, mais elle supportait d'autant mieux son absence qu'elle idéalisait déjà les retrouvailles. Pourtant, depuis son retour, sa grande amie a à son égard des attitudes de rejet, encourageant les autres filles de la classe à ne pas parler à Amélie sous prétexte qu'elle n'est pas gentille.

Voilà une histoire de cour de récréation comme il en existe des centaines. Un jour on est ami(e)s « pour la vie », le lendemain on ne l'est plus ; on s'aime, puis on se déteste ; on fait ses gammes dans les rapports humains, on apprivoise les relations entre pairs. Amélie, elle, ne supporte pas le rejet ; elle est malheureuse, jalouse, comme une maîtresse souffre de ne plus être aimée de son amant. Elle vit l'attitude de son amie comme une trahison, une infidélité. En se disant méchante, elle se conforme à l'idée que l'autre se fait d'elle à présent, montrant si besoin est à quel point les amis deviennent à cet âge des supports identificatoires importants. Elle doit apprendre, à son corps défendant, que les amitiés parfois se perdent, comme plus tard les amours, afin de ne pas être, à l'adolescence, une jeune fille repliée sur elle-même qui refusera la rencontre amoureuse par peur de la séparation.

Son attitude cependant un peu outrée me laisse à penser qu'elle exacerbe un conflit qu'elle ne peut pas avoir avec sa famille dans laquelle tout le monde s'aime, où tout n'est qu'harmonie, compréhension, douceur. La déception qu'elle vit lui offre en somme un prétexte idéal pour se différencier.

On ne dira jamais assez que l'un des problèmes

majeurs pour les enfants d'aujourd'hui est d'avoir des parents trop compréhensifs. Des parents « brazelto-nisés », « doltoïsés », toujours attentifs, trop parfois. Leur enfant fait des cauchemars ? « Ne t'en fais pas, petit ange, on va t'emmener chez un psy. » Il a un problème à l'école ? « Ne t'inquiète, nous allons voir l'institutrice ensemble et si cela ne s'arrange pas, on te changera d'école. » Il veut faire du piano ? « Mais bien sûr, l'éveil musical, c'est très bon pour ton équilibre. » Finalement, il préfère le karaté ? « Tu as raison, le piano, c'était trop difficile, et puis il faut faire du sport. » Enfants chéris, choyés et qui finissent par ne plus trouver de limites à leurs envies.

Mais plus ils se rapprochent de l'adolescence, plus ils ont besoin de s'affirmer différents de leurs parents, contre eux, en s'opposant. Plus les parents sont supposés parfaits, plus les jeunes adolescents risquent de leur casser les pieds de toutes les façons possibles, s'emparant du moindre prétexte pour créer le conflit ou allant le chercher dans des conduites aussi extravagantes que radicales et dangereuses.

*

Pourquoi des enfants rougissent-ils devant des scènes de film un peu érotiques ?

Parce qu'ils sont tout à fait normaux et considèrent, à juste titre, que toutes ces images sont impudiques. Rougir, détourner le regard sont des signes de bonne santé mentale, et il ne faut pas se moquer de leur réaction. J'insiste d'ailleurs pour que les parents fassent preuve de la plus grande pudeur devant leurs enfants : que papa et maman aient des gestes de tendresse l'un pour l'autre, c'est très bien. Mais les baisers insistants, les mots, les attitudes trop ouvertement sexuels sont choquants puisqu'ils donnent à voir une sexualité parentale que les enfants doivent toujours ignorer.

Que faire lorsque l'on surprend un enfant devant un film pornographique ?

Notre réaction doit tenir compte de son âge.

– Avant 6 ans, on arrête la cassette et on passe à autre chose. Je proposerais volontiers de lui lire un conte de fées ou une histoire enfantine très largement érotique, par exemple *La Belle et la Bête*, afin que l'imaginaire puisse se substituer à une réalité trop crue, l'érotisme de la pensée étant mille fois préférable à des images qui peuvent être vécues comme une agression. Il ne sert à rien de revenir sur les scènes vues, au contraire : en en reparlant, on risque d'ancrer le traumatisme.

– Si l'enfant est en phase de latence, on peut au contraire parler des images : dire tout ce qu'elles comportent d'excès, de mensonge, de violence et combien elles sont éloignées de la réalité d'une sexualité « normale » et harmonieuse. L'enfant, alors dans une phase de curiosité et d'exploration plus intellectuelle que sexuelle, est parfaitement à même de comprendre.

– Enfin, avec l'adolescent, on s'abstiendra de tout commentaire. Il va sans dire que l'on s'abstiendra avant tout de lui proposer de visionner un film pornographique en notre compagnie. La vision d'un porno doit rester de l'ordre de la petite transgression, de la connivence entre pairs, et sans aucune complicité de la part des parents. En regardant un porno avec l'adolescent, les parents font l'impasse sur le devoir de pudeur qui est le leur. Les adolescents, eux, seront sans doute beaucoup plus traumatisés par leur attitude que par le film lui-même.

Etre abusé / être abîmé

Violences sexuelles sur mineurs, pédophilie, tournantes... A suivre l'actualité, on pourrait croire que le nombre de sévices ne cesse d'augmenter. Malheureusement, ils étaient hier aussi répandus qu'aujourd'hui. Mais notre époque peut s'enorgueillir d'avoir permis à l'enfant d'oser en parler et d'être entendu dans sa plainte.

Des abus parfois fantasmés

Sarah a 8 ans. Ses parents ont divorcé lorsqu'elle avait 2 ans et ont longtemps entretenu des relations houleuses, le père invectivant la mère. Aujourd'hui, celui-ci vit avec une compagne avec laquelle il a une fille. Un autre enfant est attendu, ce que Sarah déplore sous prétexte qu'elle n'aime pas les bébés. « Ils sont trop bruyants », dit-elle. Elle avoue redouter son père et sa belle-mère qui, l'un et l'autre, lui auraient donné des coups de pied à l'occasion pour la secouer un peu.

La mère de Sarah a vécu pendant quelque temps avec un homme dont elle est aujourd'hui séparée. Sarah dit qu'elle a été abusée par cet homme, qu'elle décrit par ailleurs comme gentil, même s'il ne lui parlait pas beaucoup, préférant s'occuper de ses deux enfants à lui. Elle raconte qu'un soir il l'a touchée, puis a mis un doigt dans sa « foufoune ». Elle faisait semblant de dormir pour le décourager, mais il a continué, allant jusqu'à lui lécher le sexe. D'après elle, ces faits remontent à deux ans, mais elle a préféré les taire.

En général, Sarah parle beaucoup de sexualité, et de façon très crue. Elle dit avoir un petit copain qu'elle embrasse sur la bouche, affirme à un autre qu'elle s'est frotté le sexe avec un stylo et qu'elle est montée un jour chez le voisin avec qui elle aurait fait l'amour et aurait eu des enfants (!). Durant tout notre entretien, Sarah se contredit beaucoup, élude les questions qui la gênent, fait des digressions. Elle a une nette tendance à l'affabulation, comme le confirme sa mère, avec laquelle elle a par ailleurs une relation insécurisante. Même si son ex-beau-père nie avoir pratiqué des attouchements sur elle, la fillette persiste dans sa plainte.

Nous sommes parfois confrontés à des situations délicates, dans lesquelles il nous est difficile de savoir s'il y a eu abus réel ou si nous sommes en présence d'un fantasme d'abus. Comme les adultes, en effet, les enfants ont des fantasmes, le plus répandu d'entre eux étant le roman familial, lorsque, vers 6, 7 ans, à la fin de la période œdipienne, ils s'inventent des parents, et plus généralement un père plus prestigieux que le leur. Comme le rêve, le fantasme est un scénario imaginaire mettant en scène l'accomplissement d'un désir, qui peut être conscient, mais est le plus souvent inconscient. Ainsi, l'abus dénoncé par l'enfant est parfois pure imagination, parfois interprétation d'un événement anodin, mais pour lui, il est réel, la réalité psychique ayant alors au moins autant d'importance que la réalité « vraie ».

Imaginons un papa très tendre. Pas incestueux, mais peut-être un peu maladroit et impudique dans sa façon d'étreindre sa petite fille. Il est possible que ces câlins s'inscrivent comme un véritable abus dans le psychisme de l'enfant. « Dans le fond, est-ce que papa ne m'aime pas, moi, comme une femme ? comme maman à qui je ressemble tant ? » Certains enfants, contrairement à Sarah, n'osent même pas désigner de coupable. Cela reviendrait à dire : « J'ai rêvé que mon beau-père (ou mon oncle ou un inconnu) me touchait », ce qui leur est proprement impossible. Ceux-là vont rester seuls avec un ennemi fantasmatique qui peut, à la longue, se révéler bien plus dangereux que l'ennemi réel. Tandis que l'abus avéré va donner lieu à une série de soins et à une prise en charge, du côté de l'abusé et du côté de l'abuseur, le fantasme d'abus va évoluer seul, sans que personne le prenne en compte, en dehors de l'abusé(e) potentiel(le) qui risque de sans cesse l'« améliorer », le développer, le revoir et le revivre, l'ancrant de façon indélébile dans sa mémoire.

Au retour de quelques jours passés chez son père, une fillette de 6 ans rentre chez sa mère, les fesses barbouillées de rouge, comme ensanglantées. Elle déclare de surcroît : « Je saigne, et papa a passé de la crème blanche sur mes fesses, et j'ai mal. » Aussitôt, la mère signale son ex-mari aux gendarmes. L'affaire se termine très vite par un non-lieu. La gamine souffrant d'une mycose vaginale, un pédiatre avait prescrit un traitement à base d'un produit antimycosique rouge et d'une crème blanche. Il aurait sans doute été préférable que le père demande à une infirmière ou à une pharmacienne de pratiquer ces soins à sa place, mais il ne pouvait pas être accusé d'attouchements.

Les enfants qui déclarent avoir été abusés se trouvent souvent dans une situation passionnelle, comme le divorce des parents. Pour le comprendre, il faut imaginer ce que représente cette séparation. Contrairement à ce que certains ont pu prétendre, je ne crois pas que les enfants aient la moindre envie d'imaginer l'acte sexuel dont ils sont issus. L'essentiel pour eux est que leurs parents s'aiment, cet amour entraînant de façon implicite une sexualité dont ils ignorent tout – et dont ils veulent tout ignorer. La rupture amoureuse, la solitude d'un parent, la nouvelle relation de l'autre viennent alors parler de (non) sexualité, même si elle n'est pas dite. L'enfant du divorce est sans conteste « adultisé », mais adultisé sexuellement, certains, comme dans l'histoire que je viens de raconter, pouvant reprendre à leur compte la sexualité de l'un ou de l'autre. « Maman n'ayant plus de relations sexuelles avec mon papa qui vit avec une copine, je peux me mettre en rivalité amoureuse en reprenant à mon compte la sexualité que maman a perdue. » On pourrait dire, au risque de choquer, que certaines mères croient d'autant plus facilement que leur enfant est abusé qu'elles-mêmes ne le sont plus.

Cet enfant reste le manifeste des relations sexuelles que l'on n'a plus, une manifestation du couple perdu, ouvrant la porte aux fantasmes. Une mère peut, presque naturellement, inconsciemment, projeter une relation amoureuse entre le père et sa fille qui lui ressemble tant et dans laquelle elle se retrouve. Blessé(e), meurtri(e) par ce que l'on considère comme un abandon ou une trahison, on peut douter de celui ou de celle qui vous a rejeté(e) en le soupçonnant capable de toutes les turpitudes. Ou bien encore, on en arrive parfois à penser que certaines attitudes un peu tendres que l'on avait surprises pendant la vie commune vont basculer dans un autre registre dès lors qu'on n'est plus là pour les empêcher.

Il ne s'agit pas de mettre toute la responsabilité des fantasmes d'abus sur le compte d'un parent meurtri, « coupable » malgré lui de trop aimer et de ne pas réussir à se détacher. Dans les affabulations de sévices, il y a toujours une sorte de délire partagé à deux, mère / fille, mère / fils, père / fils ou père / fille qui, ensemble, désignent un abuseur potentiel : celui ou celle qui, n'aimant plus « comme il faut », peut aimer de manière toxique. Mais il faut prendre garde à ce que l'on peut induire chez l'enfant.

Une histoire de famille

J'ai eu l'occasion de recevoir en consultation une femme de 70 ans. Elle est venue seule pour me raconter que, durant l'été, sa petite-fille de 7 ans lui avait demandé de lui faire des « guilis ». N'étant pas très sensuelle et n'aimant pas beaucoup les contacts physiques, elle avait refusé. Provocante, la petite-fille lui avait alors déclaré : « Mais, moi, je fais des guilis à mon papa, et même sur le zizi », ce qui avait littéralement sidéré sa grand-mère. Après en avoir parlé à toute la famille, celle-ci venait donc, sans autre preuve, me confier les soupçons qu'elle nourrissait à l'égard de son propre fils, officier de police.

Je n'ai pourtant pas eu besoin de le rencontrer. Ni lui, ni d'ailleurs la fillette, puisque la grand-mère m'a raconté son histoire. Elle-même avait eu un père, passablement coureur, contre qui sa mère l'avait toujours mise en garde, comme s'il était potentiellement et sexuellement dangereux, susceptible de s'attaquer à ses filles après s'être attaqué à d'autres femmes de son âge. Mariée à son tour, cette femme avait protégé ses propres enfants, craignant des débordements possibles de la part d'un mari qui, pourtant, ne présentait pas les mêmes caractéristiques de coureur de jupons que son père. Elle protégeait aujourd'hui sa petite-fille, pronostiquant que celle-ci risquait d'être abusée, comme elle-même avait risqué de l'être en son temps. De manière transgénérationnelle, elle transmettait le fantasme d'abus induit par sa propre mère, reportant sur son fils la crainte du père et de l'homme toujours vécu comme dangereux. Parfaitement équilibrée, la fillette n'a pas reproduit le même fantasme, mais on peut imaginer que, si ses parents avaient divorcé par exemple, la grand-mère aurait réussi à faire naître dans son imaginaire une crainte de l'image paternelle, une dangerosité possible.

L'histoire montre, si besoin est, que les enfants ne sont pas seulement des brouillons sur lesquels nous projetons notre parentalité, mais aussi un écran sur lequel nous projetons à distance les situations ratées de notre enfance, nos soucis, nos manques, ou, comme ici, nos fantasmes. Les enfants ont pour mission de nous guérir de notre propre enfance.

Les parents de Clémence, 4 ans, sont inquiets : leur fille leur a déclaré que son cousin de 14 ans s'était

masturbé et lavé devant elle. Depuis, elle a peur...
Je recevrai donc l'adolescent. Il m'apparaît fragile,
mutique, inhibé et présente des tendances très régressives. Il ne nie pas les faits, mais comprend mal l'importance qu'on leur accorde ; pour lui, il s'agit d'un
jeu du docteur tout à fait enfantin, alors qu'il a aujour-
d'hui les capacités de passer à l'acte sexuel. Il est
cependant d'accord pour un suivi psychologique qui
lui permettra de réfléchir à la portée de ses actes.

Dans la même situation, certains enfants n'auraient
rien dit à leurs parents, considérant que ce jeu, un peu
spécial puisque pratiqué avec un plus grand, ne les
concernait pas. Si Clémence en parle, c'est qu'elle l'a
vécu comme une agression, ou une tentative d'agression. Il y a, dans son histoire, quelque chose de très
particulier qui peut expliquer sa réaction si vive. Durant
son enfance, sa mère a elle aussi subi un sévice et
l'a raconté à sa fille lorsque celle-ci lui a parlé de sa
mésaventure avec son cousin. On est alors en droit de
penser que Clémence est avec elle dans une identification morbide, vivant la scène qu'elle a vécue comme
une conformité, une fidélité à la mère. « Puisque j'ai
été abusée, comme toi, c'est bien que je suis ta vraie
fille. » Le traumatisme antérieur de la mère engage
d'autant plus la fillette dans un processus de victimi-
sation, l'enfant offrant ici à sa mère la possibilité de
revivre son propre traumatisme. Voilà peut-être l'une
des séquelles laissées par l'abus : les parents ayant été
abusés sexuellement ont probablement plus d'inquiétudes que d'autres sur cette question et supportent
d'autant moins le moindre comportement déplacé à
l'égard de leurs enfants.

Lorsque j'écrivais, plus haut, que le fantasme d'abus peut parfois entraîner des conséquences pires que l'abus réel, je ne cherchais pas, loin de là, à minimiser les séquelles provoquées par des attouchements, des viols, des sévices à caractère sexuel, qui sont susceptibles de créer de grands dommages dans le développement sexuel de l'enfant. Certaines circonstances sont aggravantes : la brutalité, les mensonges, la négation de l'agresseur. Celui qui accepte de se faire soigner aide en quelque sorte l'abusé(e) à s'en sortir ; celui qui, même condamné, s'obstine à nier, hypothèque le développement ultérieur de sa victime.

Chacun va réagir avec ses ressources personnelles mais, selon les périodes de la vie, les sévices n'entraînent pas les mêmes dommages. Un jeune enfant apparaît souvent comme une victime pure, entièrement innocente et qui plus est courageuse, puisqu'elle a osé raconter les faits, sans craindre les représailles des adultes. L'adolescent(e) ne bénéficie pas de la même bienveillance. Même s'ils n'osent pas le formuler, les adultes ont souvent un doute abominable à son propos : « Mais qu'est-ce que tu as fait ? Pourquoi tu l'as provoqué ? » Comme si le désir sexuel de l'adolescence pouvait être mis en cause et favoriser, chez des pervers ou des débiles, des passages à l'acte. L'adolescent(e) est victime, mais pas seulement.

C'est pourtant à l'orée de la puberté que les abus semblent avoir les conséquences les plus tragiques. Un garçon de 9 ans et demi a été abusé. Il dit alors : « Je ne grandirai plus jamais. » Et, curieusement, alors que sa puberté est déjà amorcée, il ne prend pas un seul centimètre. Une fille de 10 ans a été violée par son oncle. Jusqu'à l'âge de 17 ans, elle n'a pas eu de règles...

Je pourrais multiplier ce genre d'exemples. Tous montrent que l'abus peut maintenir les jeunes abusés dans l'enfance ; ils ne parviennent plus à franchir le cap de la puberté, comme s'il y avait sidération de la croissance. L'effraction de la sexualité inhibe le développement, interdisant les progrès et les découvertes réservés à cet âge.

Il est toujours essentiel que l'enfant soit reconnu dans l'abus. Poursuivre l'abuseur, l'attaquer en justice, le condamner est une façon de signifier à l'enfant qu'il n'est pas complice de ce qu'il a subi. Complice, il peut en effet penser qu'il l'est, du fait de l'attraction qu'il éprouve vis-à-vis de l'autre sexe, même s'il s'agit d'une attraction au sens identitaire et non d'une attraction physique et sexuelle.

Le viol et ses conséquences

C'est un très grand garçon, très gaillard, chez qui la force apparente ne parvient pas à masquer une fragilité. Il a 16 ans, mais paraît plus que son âge. Plus jeune, quand sa mère allait faire des courses, ou après les cours, quand elle était encore au travail, il était gardé avec son frère et sa sœur, plus petits, par une voisine. Il avait tout juste 12 ans lorsque cette femme, qu'il décrit comme imposante, énorme, a commencé à le caresser, le masturber. Cela n'a provoqué chez lui aucune réaction, il se laissait faire sans rien dire. Ces attouchements ont donc continué, jusqu'au jour où la voisine l'a entraîné dans sa chambre, le jetant à plat dos sur le lit et enfourchant son sexe en érection.

Ce garçon a aujourd'hui des relations sexuelles avec des filles un peu plus âgées que lui d'un ou deux ans. Mais il a peur. « J'ai peur de leur faire mal, de les maltraiter », explique-t-il.

Je dois l'avouer, c'était la première fois de ma carrière que je rencontrais un garçon violé par une femme. Non que cela n'existe pas, mais c'est tout de même beaucoup plus rare qu'un garçon victime d'un pédophile, ou qu'une fille violée.

Son histoire permet de mettre en avant un point intéressant que j'appellerai la sensualité du pré-viol. Ce garçon voulait bien être caressé, mais sans aller jusqu'à avoir des relations sexuelles. Ce n'était pas provocation ni perversité de sa part, mais un désir de sensorialité, de sensualité masturbatoire tout à fait normale à cet âge. On peut imaginer que, dans certains sévices, les choses se passent de cette façon, les victimes acceptant ce qui, pour elles, relèvent d'un plaisir sensuel, l'adulte en face d'elles méconnaissant le fait que la sensualité n'est pas forcément liée à une relation sexuelle, que les abusés subissent, alors, sous la contrainte. Même si cela peut choquer, il n'est pas interdit de penser qu'il y a participation sensuelle de l'enfant, ce qui ne signifie pas consentement, mais acceptation de relations un peu ambiguës, qu'il ne peut pas concevoir comme préalables à un acte sexuel.

Certaines filles disent ainsi avoir été violées par leur petit ami : elles veulent bien les préliminaires, mais refusent la pénétration. Il faut donc se méfier quand, adulte, on aurait trop souvent tendance à soupçonner l'adolescent d'avoir été complice ou d'avoir provoqué le viol par son attitude. On anticipe alors son développement. En caricaturant un peu le trait, on pourrait dire que le garçon violé évoqué plus haut acceptait les caresses de la voisine parce que, pour lui, elles étaient assimilées au jeu du docteur de la petite enfance. Cet adolescent, physiquement pubère, était plutôt régressif au plan intellectuel et mental, ce qui le mettait en situation de danger, comme une proie possible pour cette pédophile au féminin.

Le viol, sexualité contrainte, n'est pas différent dans les faits pour les filles et pour les garçons. En revanche, les séquelles ne sont pas tout à fait du même ordre. Les uns et les autres vivent l'acte sexuel comme une violence, mais quand les filles ont peur d'être violentées, ce garçon a peur, lui, d'être violent. Violé, il redoute de devenir un éventuel violeur, reproduisant malgré lui la scène traumatique, sa force physique permettant la contrainte. Tout se passe comme si garçons et filles retrouvaient, dans les séquelles du viol et de l'abus, la fidélité à leur sexe. Sexe fort et sexe faible, au risque de faire hurler les féministes, activité et passivité, tout ce que l'on peut remettre en cause, bien sûr, mais qui reste cependant un standard. L'un pénètre quand l'autre est pénétrée.

Chez les plus jeunes surtout, l'abus engendre d'autres dommages auxquels on ne pense pas toujours. Il induit en effet qu'on ne considère plus son garçon ou sa fille comme des enfants, mais comme de petits « adultes » puisqu'il y a eu passage à l'acte, bien qu'involontaire de leur part. Trop souvent, les parents n'osent plus les prendre sur leurs genoux, les embrasser, refusant de manière un peu craintive toute proximité physique. Or, pour franchir harmonieusement les différentes étapes de leur développement sexuel, les enfants ne doivent pas redouter le rapproché corporel avec l'autre (ou le même) sexe. Même s'il a été terrorisant, il faut qu'ils puissent retrouver ce pôle d'identification sexuée essentiel. Au lieu de quoi ils se sentent souvent abandonnés à eux-mêmes.

Un autre aspect qui me paraît intéressant à souligner est que le viol, l'abus impliquent de parler de sexualité, de la relation sexuelle, et avec des détails précis, presque cliniques. En ce sens, l'abus, s'il est bien physique, est aussi un abus de la pudeur, qui oblige à dire ce qui doit normalement se taire, puisque du domaine de la vie intime. Il est évidemment capital que les enfants puissent être entendus, mais je ne saurais trop conseiller aux parents de les aiguiller sur un tiers qui, lui, ne sera pas mis en position de proximité incestueuse avec la sexualité de son enfant. Cela permet à l'abusé de passer peut-être plus vite à autre chose. Les juges et les médecins doivent également prendre garde à ne pas ajouter de l'abus à l'abus. Je pense notamment aux multiples interrogatoires et expertises subis par les abusés, alors condamnés à redire et à revivre une scène douloureuse. La répétition s'avère parfois plus traumatisante que les faits eux-mêmes, parce qu'elle fixe l'abus qui risque ainsi d'être mis en exergue de leur vie et d'en interdire l'apaisement. L'idée n'est pas de minimiser la gravité des faits, mais de laisser à l'enfant la possibilité de ne pas entamer ce que j'appelle une « carrière d'abusé », tous les événements de sa vie étant alors mesurés à l'aune d'un traumatisme qui, indéfiniment répété, ressassé, deviendrait le centre de son existence. A trop considérer l'enfant comme un abusé, on risque, bien malgré soi, de fabriquer de futurs abuseurs. Je ne prétends pas qu'il y a là fatalité, logique implacable, mais on sait que le passage à l'acte sert parfois à déplacer à l'extérieur de soi une violence subie, insupportable et indélébile. C'est en transformant un autre que soi en victime que l'on parvient alors à se libérer.

La tragédie de l'inceste

C'est une fillette de 11 ans, gravement handicapée, frappée d'une hémiplégie de tout le côté droit. Son cerveau est lui aussi atteint et elle ne parle pas, ne peut pas suivre les apprentissages, ne peut pas bouger seule, toujours dépendante de ceux qui prennent soin d'elle.

Pour mieux s'en occuper, son père a appris les massages. Masser sa fille éveillait son désir et il la violait, d'autant plus ignoblement qu'il ne craignait pas d'être dénoncé.

Mais voilà qu'un jour, de sa main valide, la fillette mime maladroitement les massages de son père. Puis sa main remonte jusqu'à son entrecuisse, ce que l'on interprète d'abord comme une attitude masturbatoire, assez banale en cas de handicap. C'est son regard inquiet qui a fini par semer le doute. Des examens gynécologiques sont ensuite venus attester des sévices qu'elle subissait sans pouvoir protester. Au terme de plusieurs interrogatoires, le père a finalement avoué : « Elle ne serait jamais devenue une femme ; personne ne l'aurait jamais désirée comme moi je la désire », prouvant sa grande confusion.

Claude Lévi-Strauss affirmait très justement que l'interdit de l'inceste fonde la famille et le monde. Etre parent, c'est ne pas avoir de désir sur le corps de ses enfants. Ce que l'on produit, ce qui sort de nous ne peut pas être désiré, il est marqué du sceau de l'interdit fondateur de toute société. L'attachement parent / enfant rend, de fait, impossibles certains comportements qui entraînent une transgression dans l'enchaînement des générations. En épousant sa mère, Œdipe fait de ses enfants ses propres frères et sœurs.

On imagine alors quelles séquelles peut laisser un inceste.

Un père et une mère représentent des identifications sexuelles dont l'enfant a besoin, ils ne sauraient représenter le sexe et la sexualité. Lorsqu'ils enfreignent la loi de l'interdit de l'inceste, ils ravagent la vie de l'enfant. Un père qui viole sa fille tue l'enfance de celle-ci. Il n'est plus un père, mais un amant, et fixe un traumatisme indélébile. Dans l'histoire de la famille, l'histoire de la relation avec sa fille, il élimine tout ce qui a précédé le viol, sa parentalité, sa paternité, décapitant ainsi tout le passé identitaire de l'enfant. Les enfants qui ont subi un traumatisme de ce genre oublient toute une partie de leur enfance. D'où, peut-être, la tendance actuelle, à mes yeux trop systématique, qui consiste pour le psychiatre, chaque fois qu'il se trouve face à quelqu'un qui n'a pas de souvenirs d'enfance, à soupçonner un abus possible.

Environ 5 500 cas d'inceste sont dénoncés chaque année. Inceste père / fille toujours. Non pas que les relations incestueuses mère / enfant n'existent pas, je pense même qu'elles sont beaucoup plus fréquentes qu'on ne veut bien le croire, mais, la mère ne pouvant pénétrer son enfant, il n'y a pas viol. La sexualité féminine est aussi, par nature, beaucoup plus douce que la sexualité masculine, plus agressive. Mais les attouchements, les masturbations, une tendresse trop démonstrative et impudique sont bien de l'ordre de l'inceste. Les relations entre frère et sœur aussi, dans certains cas, mais elles sont, du moins je le crois, d'une grande banalité et rarement signalées.

Il faut alors établir une hiérarchie entre l'adulte qui, par son impudeur, sa fragilité, abuse de son enfant par des caresses, et celui qui passe à l'acte et viole. Dans le premier cas, cela mérite signalement et punition ; dans le second, il s'agit d'un crime qui entraîne des ravages. Crime aggravé lorsqu'il est le fait d'un adulte ayant autorité sur l'enfant, ou d'un soignant dans le cas des handicapés. Le viol est irréductible en ce sens qu'il est synonyme de perte de l'enfance, perte de la confiance en soi et de la confiance en des adultes dignes de ce nom. Il entraîne un sentiment de salissure du corps qui perdure, une incapacité possible à jouir jamais d'une relation sexuelle, souvent vécue comme agressive, quelle qu'elle soit. Une jeune fille violée précocement par son père me confiait que, chaque fois qu'elle faisait l'amour avec son petit ami, elle avait l'impression d'être à nouveau contrainte, violée, allant parfois jusqu'à demander au jeune homme de l'attacher, comme si elle ne pouvait plus éprouver de jouissance que dans la souffrance.

De façon un peu provocante, il faut pourtant souligner que les psychiatres ne voient jamais que les victimes d'abus et d'incestes dénoncés. Il serait sans doute intéressant de mener une étude auprès de ceux et celles qui n'en ont jamais parlé afin de comprendre comment, seuls, ils ont réussi ou non à surmonter ce traumatisme et quelles traces il a pu laisser dans leur psychisme.

Ces abus dont on ne parle pas

Le regard. Une jeune fille marche dans la rue. Les hommes se retournent sur elle, la dévisagent, et pas seulement dans les yeux, comme le proclamait une publicité, ils la déshabillent du regard. Au feu rouge, les automobilistes klaxonnent, sifflent, lancent des appréciations. Elle rentre chez elle. Cette fois, ce sont les amis de son père qui la regardent avec une drôle de lueur dans les yeux. On ne dira jamais assez l'indécence de ces regards qui sont autant d'abus, qui font de la jeune fille un objet sexuel, une proie condamnée à subir.

Les mots : « Oh ! mais tu as des poils, tu deviens un homme. » « Ma fille, tu as des seins, une vraie jeune femme ! » Imagine-t-on l'effet de ces mots sur des adolescents toujours dépassés par les transformations physiques qui s'opèrent à leur insu ? Il est interdit de faire allusion à ce corps qui leur appartient et qu'ils tentent tant bien que mal d'accepter. Interdit de souligner l'apparition de leurs caractères sexuels, de sous-entendre une sexualité possible. Pour masquer ce qu'ils subissent, qui les effraie au moins autant que cela les fascine, les uns vont s'épiler consciencieusement, les autres vont camoufler leurs formes naissantes sous des vêtements amples... Dans les deux cas, ils se protègent d'une intolérable intrusion dans leur intimité.

*

Comment les mettre en garde contre la pédophilie ?

Sans doute en leur apprenant, dès leur plus jeune âge, que leur corps et surtout leurs organes sexuels leur appartiennent et que personne n'a le droit de les toucher. Encore faut-il que les parents soient les premiers à les respecter et ne s'autorisent aucun rapprochement équivoque.

– Quand ils sont petits, entre 3 et 6 ans, les enfants éprouvent toutes les peurs possibles : peur du noir, peur du loup, peur des fantômes... Il ne peut pas y avoir de prévention dans la réalité et le mieux est sans doute de les aider à apprivoiser leurs différentes peurs en leur lisant des contes de fées. Pourquoi le Petit Chaperon rouge a-t-il rencontré le loup ? Et qu'a-t-il bien pu advenir de la grand-mère ? Il y a là un matériau extraordinaire à exploiter, sur un mode ludique.

– A partir de 6 ou 7 ans, ils sont à l'âge où ils rationalisent leurs peurs, et l'on peut véritablement les mettre en garde en leur parlant des agressions sexuelles, en utilisant les faits divers et en les commentant, en insistant toujours sur le fait que leur corps leur appartient et que nul n'a de droit sur lui. Il est important de leur parler de notre propre peur pour eux et de dire les risques auxquels ils s'exposent s'ils ne respectent pas certaines règles de prudence.

– Si l'enfant exprime une peur très vive sur ce sujet, il faut s'interroger. Sans doute sert-elle à en focaliser d'autres, qu'il ne parvient pas à exprimer. Dans le cas où cette crainte, très vive, l'invaliderait socialement, l'empêcherait de sortir seul ou reviendrait sous forme de cauchemars, sans doute faut-il faire appel à un pédopsychiatre ou à un psychologue.

Se transformer

Clara, 12 ans, est accompagnée par sa grand-mère, très soucieuse car, depuis l'été, sa petite-fille est terriblement déprimée. Ce changement d'humeur est survenu peu après l'apparition de ses premières règles.

Les parents de Clara sont séparés. Après cette séparation, la grand-mère maternelle, ayant elle aussi quitté son mari, est venue vivre sous le même toit que sa fille. La mère n'a jamais eu d'autre homme dans sa vie et, supportant mal cette solitude affective, elle pleure parfois devant Clara qui a le sentiment d'être une intruse, comme si, par sa seule présence, elle avait empêché sa mère de vivre des histoires d'amour. Il semble dès lors possible que la fillette accepte mal l'arrivée de ses règles parce qu'elles lui autorisent une sexualité par ailleurs « interdite » à sa mère. Dans une projection identificatoire tout à fait compréhensible, elle refuse la sexualité agie induite par les règles, sexualité à laquelle ni sa mère ni sa grand-mère n'ont plus accès.

Dans son cas, la peur des règles va encore plus loin. Car la mère de Clara est malade. Elle occupe un bon poste, elle est socialement intégrée, mais elle présente néanmoins une structure psychotique, traversant des phases de grande fragilité et de décompensation malgré les traitements. Dans ces moments-là, Clara elle aussi est plus fragilisée : elle change de rôle, devenant en quelque sorte la mère de sa mère, dont elle doit prendre soin du fait de sa maladie. L'apparition de ses règles signe pour elle une maternité possible qu'elle redoute. « Je risque maintenant d'être maman, me confie-t-elle. Est-ce que, quand je serai maman, je deviendrai comme ma mère ? » Lorsque j'essaie de la rassurer en lui parlant de sa grand-mère qui est maman elle aussi mais n'est pas malade, elle s'entête : « Oui, mais elle a eu un enfant malade. » Cette adolescente pose la question de la sexualité et de la fécondité chez les enfants de malades mentaux qui craignent une sorte de génétique imaginaire, les fous ne pouvant donner naissance qu'à des fous, à moins qu'on ne devienne fou à partir du moment où l'on a des enfants.

Le refus des règles, la peur ou le dégoût qu'elles inspirent sont toujours le signe d'un trouble de l'identité sexuée. Certaines adolescentes cachent leurs règles, sont malades chaque mois, parce qu'elles n'acceptent pas leur nouvelle féminité. Ça peut être le cas chez des homosexuelles. Celles-là nieront tous les attributs typiquement féminins, cachant leurs formes et leurs rondeurs, dédaignant le moindre maquillage, raillant la trop grande coquetterie. Autant de façons de refuser un corps qui, plus il se transforme, plus il affirme son sexe, un sexe dans lequel elles ne se reconnaissent pas.

Dans la plupart des cas, l'apparition des règles est aujourd'hui vécue comme un événement naturel, preuve que l'éducation sexuelle et la plus grande facilité avec laquelle on parle désormais de ces « choses-là » ont aussi de bons côtés. Les règles, c'est la puberté, le passage à l'état de jeune fille, voire de jeune femme, la preuve tangible que l'on grandit. Même si elle est parfois précoce, les adolescentes s'y adaptent, en éprouvent de la fierté, marquant là un développement cognitif et intellectuel « normal ».

Les règles sont une extériorisation du sexe féminin. Longtemps, ce sexe interne a été une cavité virtuelle ; il prend à présent une autre réalité. Une partie de soi s'écoule, du dedans vers le dehors, le dehors permettant paradoxalement de mieux comprendre le dedans. Les règles organisent la représentation psychique du sexe féminin. Elles sont une identité supplémentaire pour la femme, la possibilité d'une plus grande maîtrise de son corps avec lequel elle a désormais une relation très intime, intimité corporelle que le garçon ne connaîtra jamais. Ce corps qui chaque mois prend la parole montre une fécondité bientôt possible. On peut ici faire le parallèle entre les règles de la fille et l'éjaculation du garçon, toutes deux annonçant la reproduction, la sexualité partagée.

Remarquons au passage que certaines religions proscrivent les relations sexuelles pendant les règles. La sexualité étant admise à partir du moment où elle a pour but la procréation, il est logique de ne pas approcher une femme dont le corps dit ouvertement qu'il n'est pas fécondable. Mais on peut aussi penser que cet interdit, décrété par les hommes, n'est pas étranger à une angoisse de castration qui perdure à travers les années, le sexe ensanglanté évoquant une amputation toujours redoutée.

En général, la puberté commence vers 12 ans chez le garçon, vers 10 ans chez la fille. Pour le premier, augmentation du volume des testicules et du pénis, duvet pubien précédant une vraie pilosité, duvet au-dessus des lèvres, puis sur les joues, apparition de la pomme d'Adam, mue. Il n'est pas rare de constater un léger gonflement des seins qui fait craindre aux garçons d'être pris pour des homosexuels. Pour les filles, sous l'effet de l'augmentation d'œstrogènes et de progestérone, les seins et les glandes mammaires se développent, puis apparaissent le duvet pubien, les poils ainsi que la pilosité sous les aisselles. La croissance des organes génitaux internes (ovaires, utérus) va en parallèle avec la croissance des organes génitaux externes : les petites et les grandes lèvres, ainsi que le clitoris, se développent, le mont de Vénus devient plus proéminent.

Tous ces changements physiques sont importants, mais il me semble médiocre de réduire la puberté et l'adolescence à un choc biologique. La seule définition qui vaille est sociologique. On a les adolescents que l'on mérite. Et notre époque est essentiellement une fabrique à adolescents. Ils commencent à l'être de plus en plus tôt, en CM1, CM2, terminent de plus en plus tard, vers 28, 29 ans – et ne parlons pas des adolescences interminables ni du jeunisme des vieilles générations, c'est un autre sujet. Pour tenir compte de cet allongement de l'adolescence, on fait appel à des préfixes destinés à marquer autant de sous-catégories : préadolescents, postadolescents, qui nous induisent en erreur. Cela peut avoir l'air d'un truisme, mais le préadolescent n'est pas un adolescent : il est casse-pieds, insupportable avec ses parents, s'habille comme les plus grands, rêve d'un scooter, claque les portes, boude, ricane, refuse d'aller à l'école... Mais, différence fondamentale, essentielle, le préadolescent n'est pas encore au stade d'une sexualité agie.

Les règles, l'éjaculation sont des signes d'adolescence, mais il y en a bien d'autres. Le premier, grand pas vers une autonomie nouvelle, est l'entrée en sixième, au collège, où l'enfant est confronté à des plus grands, filles et garçons sexués, parmi lesquels il va bientôt s'intégrer, adoptant leur vêture, leurs comportements et franchissant ainsi une seconde étape dans sa maturation. Dans le même temps, il découvre soudain – signe majeur de maturation – que ses parents ont vieilli et ne sont plus les héros qu'il avait imaginés... Si l'adolescence est bien un choc biologique, elle est aussi un choc intellectuel, social, familial. Un bouleversement inouï.

Dans les années 1970, le capitaine de l'équipe de France de rugby parlait à propos de ses joueurs de « qualité hormonale ». La définition me semble valable pour l'adolescence, parce qu'elle est plus psychologique qu'endocrinienne. Ce qui fait l'adolescent, c'est sa qualité hormonale. Des hormones sous la poussée desquelles les enfants devenus grands sentent en eux une force terrible, une force de démolition physique et psychique. Etre adolescent, c'est se sentir différent du monde, un monde que l'on dévore, sur un mode presque sadique oral, le déchirant à pleines dents pour mieux se sentir exister en tant que sujet indépendant. On grandit, le corps est là pour en témoigner, mais on n'est pas encore assez grand pour avoir déjà des souvenirs, pas encore assez grand pour penser à l'avenir. L'adolescent annule le passé, ignore le futur. Il vit au présent, qui seul l'intéresse. L'adolescent *est* un présent.

Pour lui, la préoccupation centrale est la sexualité. Il ne pense qu'à « ça », à quoi tout le ramène toujours : un regard, une silhouette, un contact, un rêve suffisent à le plonger dans l'extase et viennent si besoin lui rappeler ce désir qu'il éprouve, désir sexuel de l'autre, séduire, conquérir, succomber, posséder, être possédé. Mais c'est aussi un désir de soi : espérer que l'autre va retrouver en lui toutes les qualités esthétiques, émotionnelles qu'il veut lui faire éprouver. Le désir de l'adolescent est double : vers l'autre et vers lui-même, comme s'il cherchait à se compléter. On n'est pas complet tant qu'on n'est pas désirant et désiré. Bien sûr, ça ne commence pas à l'adolescence, mais dans l'échange corporel et le don de soi, le désir est désormais agi quand il n'était qu'imaginé, fantasmé.

Je reçois Marie, 15 ans, avec ses parents. Handicapée, elle est inscrite dans un nouvel établissement où elle ira à la rentrée scolaire, changement qu'elle-même redoute un peu et ses parents encore plus, surtout sa mère. Ils me demandent des médicaments pour aider la jeune fille en cas de besoin, et aussi la pilule. La mère est tellement inquiète que je suis au bord de lui prescrire un anxiolytique, ce qui, lorsque je le dis, fait beaucoup rire Marie.

Les parents de handicapé éprouvent toujours une vive crainte à l'idée que leur enfant ait une sexualité. Comme si la fragilité que représente le handicap pouvait favoriser l'abus, la manipulation, l'adolescent n'ayant pas les capacités de se défendre. Sans doute éprouvent-ils aussi une réelle difficulté à accepter que la seule autonomie soit sexuelle, quand leur enfant a par ailleurs une autonomie scolaire, sociale, intellectuelle souvent très réduite. Enfin, le handicap générant des relations fusionnelles, ils ont du mal à le lâcher.

Mais quand l'enfant a un bon développement, les parents ne se montrent pas si inquiets de sa sexualité ; à partir d'un certain âge, elle est même considérée comme rassurante, comme une preuve de « normalité ». Même si d'autres risques, à commencer par le sida, se substituent à la crainte d'une éventuelle grossesse, la pilule est sans doute pour beaucoup dans cette attitude sereine. Cependant, les filles bénéficient toujours de plus d'attention que les garçons. Coureurs de fond isolés de la sexualité, ceux-ci sont moins entourés, moins informés, comme si l'on attendait de ce sexe prétendu fort qu'il montre enfin sa force en passant à l'acte, sans timidité, sans peur, presque naturellement. De ce fait, ils ont bien du mal à être rassurés. Car des craintes, ils en ont. La plus universellement partagée concerne la dimension de leur verge, souvent considérée comme trop petite, et peut être à l'origine de troubles de l'éjaculation. Mais avec qui peuvent-ils parler de tout cela ?

Sexualité précoce

A 12 ans et demi, Camille dit avoir des relations sexuelles, ce que ses parents vivent très mal, son père surtout. Un père souvent absent, qui ne rentre à la maison que le week-end et se montre très agressif vis-à-vis de sa fille, ne supportant pas qu'elle ait déjà une vie sexuelle. Camille est blessée par cette agressivité qu'elle ne comprend pas. Son père se pose en effet en rival amoureux, risquant ainsi d'encourager malgré lui la sexualité de Camille qui se protège par là de l'érotisation de cet homme jaloux.

Depuis plus d'une vingtaine d'années, l'âge moyen de la première relation sexuelle reste étonnamment stable : il se situe aux alentours de 17 ans, pour les garçons comme pour les filles. La sexualité précoce évoque alors une maturité qui, à mes yeux, n'est souvent qu'apparente, comme c'est le cas pour Camille. Cette dernière veut se persuader qu'elle est grande et s'affirmer comme telle, mais en avouant ses relations à ses parents, elle montre qu'elle est encore une enfant, transparente, sans mystère. En général, les adolescents ne parlent pas, ou que très peu, de leurs premières relations, ce qui est un signe de vraie maturité. Mieux vaut n'en rien dire, en tout cas à ses parents, quitte à demander la pilule au planning familial ou à l'infirmière scolaire. Il me semble important de permettre aux adolescents de ne pas être obligés de raconter, cela s'inscrit dans le cadre d'une pudeur indispensable.

L'adolescence est en effet un temps de secret, de découverte intime qui ne se partage pas avec les parents. C'est grâce à ce qu'il ne leur dit pas que l'adolescent se construit et acquiert véritablement son autonomie. Toutes ses difficultés, ses doutes, ses désirs, toutes ces étapes particulières sur le chemin tortueux qu'est la conquête de la sexualité, il va les intérioriser pour en faire des trésors que, pour la plupart, il ne partagera jamais avec personne, parce qu'ils sont de l'ordre de l'indicible.

Céline, 12 ans, a eu des caresses un peu trop rapprochées avec un garçon de deux ans son aîné qu'elle qualifie de « monstre poilu » lui ayant infligé un sévice. Il y a quelques années, elle a mal vécu une séance d'éducation sexuelle faite par une institutrice de CM1 qui, de façon peut-être un peu crue, a expliqué comment se faisaient les bébés, en décrivant les relations sexuelles. Céline, qui a un demi-frère, dit depuis à sa mère : « Tu as fait ça au moins deux fois, tu es dégoûtante. » Mais elle-même parle volontiers de ses « chéris », petits amis plus imaginaires que réels, à travers lesquels elle cherche une satisfaction et une assurance narcissiques.

Je pense pour ma part que le prétendu sévice évoque davantage le jeu du docteur des années de la petite enfance. Céline était d'ailleurs d'accord pour jouer, et le garçon, qui m'avouera plus tard la trouver « très mignonne », a regretté qu'elle ne soit pas un peu plus vieille, se gardant alors de poursuivre le jeu.

La réaction *a posteriori* de Céline, ce dégoût de la sexualité déjà exprimé, montre une structure assez hystérique. Sans doute peut-on lui trouver des causes. Depuis trois ans, Céline ne voit plus son père, décrit comme psychiatriquement malade par la mère qui vient de se séparer de l'homme avec qui elle a eu son fils. Cela fait deux disparitions successives de l'image paternelle qui posent à cette jeune fille une question pour le moins perturbante à l'orée de sa vie sexuelle : ce sont les relations entre les hommes et les femmes qui font les enfants, mais ensuite les hommes disparaissent... Cela entraîne chez elle une peur du masculin, en même temps qu'un désir de le capter. L'hystérie est une façon d'être au monde, tout en extraversion, en exhibition, en théâtralité. L'hystérique veut plaire, séduire, mais ne se laisse pas séduire. Elle a peur de l'érotisation qu'elle-même recherche et crée, peur de la relation amoureuse, au sens du partage et de la complétude, car elle s'aime, elle, plus qu'elle n'aime l'autre.

L'hystérie est une maladie vieille comme Hippocrate qui situait son origine dans l'utérus. De là l'idée, qui a encore cours de nos jours, qu'il s'agirait d'une pathologie typiquement féminine, ce qui est bien sûr totalement faux, les hommes étant hystériques au même titre que les femmes. Don Juan offre un bon exemple de ce que peut être l'hystérie masculine. Charmeur jamais satisfait, il est toujours en quête d'une émotion qu'il n'éprouvera jamais, l'essentiel étant pour lui l'effet qu'il produit et qu'il ne peut recevoir en retour.

Le donjuanisme adolescent est souvent le fait de garçons déçus par une première relation si peu conforme à leurs attentes. Ils vont poursuivre une quête incessante d'une relation amoureuse et sexuelle qui viendrait les rassurer et les combler. L'accumulation signe alors une fragilité, une inaccessibilité. A l'opposé, les petits couples fidèles, un peu trop sages, un peu trop conventionnels, montrent peut-être une tendance au repli qui peut cacher une peur de la rencontre, une protection contre la rupture.

*

Doit-on encourager une adolescente à prendre la pilule ?

Anticiper les relations sexuelles de son enfant ne me semble pas constituer un impair. Il faut lui expliquer la nécessité de se protéger, contre le sida mais aussi contre les autres maladies sexuellement transmissibles, et contre une éventuelle grossesse. Le désir amoureux n'est pas un désir d'enfant, et elle n'a pas à se sentir coupable. Le mieux est alors de l'envoyer chez un médecin, le généraliste ou le gynécologue. Si une mère ne se sent pas capable de parler de contraception, elle peut saisir un prétexte (acné, rappel de vaccin...) pour prendre rendez-vous chez le médecin. Dans tous les cas, mieux vaut l'informer le plus tôt possible, au tout début de la puberté, quand elle n'a pas encore de relations sexuelles. Plus tard, elle peut entendre les mises en garde maternelles comme une rivalité, un désir de l'empêcher d'avoir une sexualité.

Est-ce plutôt au père de parler à son fils de préservatifs ?

Oui, si le père réussit à ne pas être trop impudique, à ne pas parler dans le même temps de ses propres relations sexuelles – les hommes sont, hélas, toujours très fiers de leurs conquêtes et peuvent chercher à épater leur fils, ce qui aurait pour résultat de mettre ce dernier en difficulté.

Je crois que le plus compétent pour parler de sexualité avec les garçons adolescents est le médecin généraliste. Celui qui le connaît depuis son enfance, l'a ausculté, l'a vacciné... Toute cette transgression scientifique et médicale autorise à parler plus facilement de sexualité. Non seulement le médecin peut recommander le préservatif, mais il peut aussi aider à une expérimentation. Savoir qu'il faut se protéger est important, mais ne sert à rien si l'adolescent ne sait pas comment il doit utiliser le préservatif.

Enfin, la visite chez le médecin lui permettra peut-être de parler de toutes les inquiétudes qui le traversent et face auxquelles un garçon se sent toujours bien seul. La taille de la verge, la peur de ne pas assurer, les troubles de l'éjaculation sont, je l'ai dit, largement partagés. Des laboratoires américains travaillent actuellement sur un Viagra pour adolescents, preuve que l'impuissance serait aussi un trouble de jeunesse.

Pourquoi les adolescents sont-ils parfois si sales ?
Faut-il les contraindre à se laver ?

S'il est un signe pathognomonique[1] de l'adolescence, c'est bien la salle de bains. Ils s'y enferment des heures, et l'on est en droit de se demander ce qu'ils peuvent bien y faire, surtout qu'ils ne sont pas forcément propres. La saleté est aussi l'une des caractéristiques de l'adolescence, en tout cas de ses débuts. Ils ne se lavent pas ou que peu, et toujours à contrecœur, remettent volontiers les mêmes vêtements, ne semblent pas dérangés le moins du monde par l'odeur qu'ils dégagent, bref, l'adolescent est souvent sale au regard de nos critères d'hygiène, quand ils ne sont pas d'hygiénisme. La mauvaise odeur est SON odeur. Odeur des hormones, de la sueur, des poils, du liquide séminal, des règles qui sont autant d'odeurs *sui generis*. Sentir mauvais, c'est prendre possession de son corps. Cela n'est pas sans évoquer la phase sadique anale du petit enfant de 2 ans – la saleté comme position d'opposition, de repli sur soi, de conservation et de maîtrise du corps. Conserver son odeur, c'est un peu comme retenir ses selles, retenir une part de soi qu'on ne veut pas offrir. C'est aussi un moyen de mettre de la distance

---

1. Signe (ou symptôme) qui permet à lui seul de faire le diagnostic de ce qui le provoque.

avec les parents, pour se protéger d'une intimité incestueuse qui menace alors que le conflit œdipien est réactivé. Sauf que, cette fois, la proximité est d'autant plus dangereuse que les adolescents peuvent agir leur sexualité, féconder et être fécondables.

A la limite, on pourrait dire qu'ils confondent lavage et masturbation ; ils éprouveraient une espèce de honte à se laver, comme celle qu'ils éprouvent à se masturber, activité qu'ils gardent secrète. Ils abandonnent certaines parties de leur corps. Se laver est un signe de progression et de maturation. Le signe que l'on conquiert son corps, qu'on l'accepte avec ses caractères sexuels.

Obliger un adolescent à se laver ne me semble pas souhaitable. C'est une façon de lui laisser entendre que son corps ne lui appartient pas totalement, mais que le parent en est encore un peu propriétaire et sait ce qui est bien ou non pour lui. Il y a de l'impudeur dans cette attitude, comme si le parent demandait à l'adolescent de se laver pour mieux lui plaire.

Qu'est-ce que la majorité sexuelle ?

A 16 ans, l'adolescent peut aujourd'hui réclamer son émancipation, ce qui signifie qu'il n'est plus sous la responsabilité de ses parents. Il peut donc avoir des relations sexuelles avec qui bon lui semble. Dans le cas où le petit ami aurait 23 ans et la fille à peine 16, par exemple, les parents ne peuvent plus porter plainte contre le premier pour détournement de mineure.

Plaire / se plaire

Caroline, 13 ans, est en classe de troisième technologique. Elle présente un trouble de l'investissement scolaire important : rien ne l'intéresse, elle s'ennuie, éprouve de réelles difficultés à suivre, réussit mal, autant de signaux qui sont apparus dès le primaire où, déjà, elle avait du mal à s'intéresser aux différents apprentissages.

Fait remarquable, cette jeune adolescente parle très facilement de ses relations sexuelles : elle s'est fait dépuceler à 12 ans, a déjà participé à des partouzes avec sept garçons et confie qu'avant de s'endormir elle a des flashs qui, tous, se rapportent à d'autres relations sexuelles fantasmées. De tout cela, elle se sent très coupable et dit, de façon un peu infantile d'ailleurs, qu'elle voudrait bien « ne plus faire de bêtises ».

Le débordement de sexualité pourrait être interprété comme le signe d'une maturité précoce, dans une recherche exacerbée et débridée de plaisir ; il m'apparaît plutôt comme un trouble de l'estime de soi. Caroline ne réussit pas à l'école, a du mal à se faire admettre dans le groupe, à avoir des amis. Elle doute d'elle-même, de sa capacité à être attractive et aimée. Se donner est pour elle une façon de ne pas se regarder, ne pas se concevoir comme un être en difficulté par rapport à ses pairs. Ce qu'elle appelle ses « bêtises » ne doit-il pas être entendu comme une peur d'être bête ?

On observe ce genre de comportement chez certaines jeunes filles sortant d'instituts médico-éducatifs : elles « offrent » leur corps pour mieux se sentir adaptées socialement, comme si elles sentaient confusément qu'elles ne peuvent y parvenir par leur brio, leurs capacités relationnelles et intellectuelles. Leur facilité sexuelle vient compenser leurs grandes difficultés ; elle constitue un accélérateur d'intégration, alors qu'elles ont une décélération scolaire et sociale. « Je passe d'autant plus à l'acte que je ne peux pas faire les gammes de l'apprentissage de mon adolescence. » C'est pour être comme les autres – comme elles imaginent que sont les autres – qu'elles ont des relations sexuelles. On retrouve là une problématique des adolescentes en général : à partir d'un certain âge, il « faut » avoir des relations pour être « normale ». Bien souvent, les filles passent à l'acte dès lors que leur meilleure amie a fait l'expérience, car elles ne supportent pas de se sentir invalides par rapport à ce qu'elles considèrent comme une norme.

Estime de soi et narcissisme

En 1900, Freud élaborait sa première topique, composée de l'inconscient, du préconscient et du conscient. En 1920, une seconde topique venait se substituer à la première, sans que l'une et l'autre puissent se superposer : le ça, le surmoi et le moi, trois instances psychiques aux interactions souvent très conflictuelles.

Le ça est la petite voix qui nous souffle d'aller regarder la voisine quand elle se déshabille ou de donner des coups de pied au petit frère ; c'est un réservoir d'énergie psychique, une arène où pulsions et passions s'expriment sans aucune censure. Le surmoi est celui qui juge et condamne, celui qui interdit parce qu'on lui a appris ce qui est bien et ce qui est mal, ce qui est autorisé et ce qui ne l'est pas. C'est une sorte de supercenseur qui a intégré jusqu'à les faire siens les principes et les règles, inculqués par les parents d'abord, puis par l'ensemble de la société. Entre le ça et le surmoi, entre le tout-permis et le tout-interdit, le moi apparaît comme un médiateur qui tente de maintenir l'équilibre.

La notion de soi – qui ne fait pas partie des instances freudiennes – se confond beaucoup avec le moi, l'identité. Qui suis-je ? Etre soi, voilà la grande affaire de toute vie. C'est de ce que l'on est, mais aussi de ce que l'on voudrait être et du regard que les autres nous renvoient que naît le sentiment d'estime de soi.

Imaginez un bateau dans le vieux port de Marseille. Il est au carénage ; là, on le nettoie, on le ponce, on le repeint, on le vernit. Tout beau, tout brillant, comme neuf, le bateau va repartir naviguer en Méditerranée ou en mer Egée, sous le soleil brûlant. A force de soleil, à force d'embruns, de grains et de tempêtes, lorsqu'il reviendra à son point de départ, dans le port de Marseille, son vernis se sera terni, ses couleurs auront passé. L'estime de soi est semblable à ce bateau : de temps en temps brillante, luisante, éclatante ; à d'autres moments, un peu terne, un peu morne, fatiguée. Elle est variable, parce que dépendante des éléments : l'environnement, les événements que nous vivons, notre humeur aussi.

Une bonne part du sentiment d'estime de soi prend sa source dans le narcissisme. Fils d'un dieu et d'une nymphe, Narcisse était d'une beauté rare, irrésistible. Les nymphes succombaient, lui les repoussait. L'une d'elles, blessée par son indifférence, réclama d'être vengée... Narcisse s'arrête un jour près d'une source aux eaux limpides. En se penchant, il aperçoit son reflet qui le fascine au point qu'il ne peut plus s'en détacher, persuadé qu'il s'agit d'un autre que lui. Mais quand il plonge le bras pour l'étreindre, l'image se dérobe, lui révélant que son désir était pour lui-même. Désespéré, il se frappe et meurt. La légende veut que, lorsque ses sœurs vinrent chercher son corps, il se soit transformé en fleur.

Il peut être amusant de préciser que le terme de narcissisme a d'abord servi à désigner une perversion sexuelle ! Mais tous les enfants sont narcissiques, puisqu'ils se prennent comme objets d'amour avant de pouvoir se tourner vers des objets extérieurs. Ils se suffisent ainsi à eux-mêmes, même si Françoise Dolto dit très justement que les paroles maternelles, paroles de réassurance, forment les racines du narcissisme, prouvant là le rôle essentiel joué par les tiers dans sa construction. Chacun naît avec un capital de narcissisme plus ou moins important qui va être renforcé ou amoindri par l'attitude des parents. Tous les enfants ne sont pas beaux et intelligents, mais si les parents les trouvent beaux et intelligents, les choses iront mieux. Ainsi, ce pauvre bossu de Naïs, si bien décrit par Pagnol, ne se voit-il jamais bossu dans les yeux de sa mère et de sa grand-mère. Des yeux qui l'ont aidé à se construire et à se supporter, le protégeant de la dévalorisation et de l'autodépréciation inhibantes et lui permettant d'affronter d'autres regards moins bienveillants. Il n'est bien sûr pas dit que Naïs n'éprouvait jamais de fragilités...

Peut-on être toujours sûr de soi ? Je ne le crois pas. Il n'y a guère que le paranoïaque pour penser que le monde entier a tort, se trompe sur son compte, quand lui aurait raison, quoi qu'il arrive. Un sentiment d'estime de soi inébranlable n'est pas bon signe. Il est normal de douter, de se remettre en question... et de se sentir parfois prêt à mettre le monde à ses pieds. Mais on approche d'autant mieux les autres que l'on se sent, soi, en sécurité, qu'on a confiance en ses possibilités.

Miroir, mon beau miroir...

De manière un peu simple, on pourrait dire que le bébé n'a de soi que dans le regard de sa maman, puis de ses parents, et enfin devant le miroir où il découvre une image à laquelle il s'identifie. Il sait alors qu'il est lui et accède au stade de sujet. Le soi ne va plus cesser de s'affirmer, pour se construire vraiment à l'âge de l'école primaire. A l'adolescence, le soi se redécouvre dans le miroir, mais pas seulement ; il a besoin d'un autre reflet, celui du groupe, de la bande de copains, qui le rassurent sur son existence et sur ses capacités : le soi est davantage un soi groupal qu'un soi individuel.

L'estime de soi se confond alors avec l'image de soi – image esthétique, qui n'intéresse pas beaucoup les enfants. La preuve ? Rares sont ceux qui se trouvent laids... sans doute parce qu'ils ne se regardent pas, ou que peu, dans la glace. On n'a de souvenir de soi à cette époque qu'à travers les photos précieusement conservées, sacralisées par la famille. « Ah bon, c'était moi, ça ? » On se découvre, non sans un certain étonnement : les parents ne cessant de nous répéter combien nous étions mignons, nous sommes frappés de nous trouver... ingrats ? quelconques ? En revanche, on se rappelle très bien comment on était à l'adolescence, et surtout comment on se sentait. Généralement, on ne se sentait pas très bien.

Lorsque j'étais en classe de première, il y avait trois stars, superbes créatures presque inaccessibles et, à l'opposé, deux filles ingrates, dont tout le monde raillait le physique avec toute la cruauté dont on est capable à cet âge – et, hélas, pas seulement à cet âge. Déjà un peu pathologique, déjà peut-être un peu psychiatre dans le fond, je trouvais injuste l'ostracisme dont elles faisaient l'objet. J'ai invité l'une d'elles à prendre un café sur le port, une fois ou deux, pas plus... Vingt ans plus tard, une femme m'a abordé dans la rue, accompagnée de deux enfants qu'elle avait eus d'un homme avec lequel elle était mariée depuis de longues années. J'ai mis un peu de temps à la reconnaître... Avant de repartir, chacun de son côté, elle m'a juste dit : « Je voulais te remercier de m'avoir emmenée sur le port, alors que je me sentais si affreuse. »

C'est un standard que de se trouver « moche » à l'adolescence. Les bras et les jambes qui s'allongent, le duvet qui dessine une zone d'ombre au-dessus des lèvres, la peau grasse et les boutons, les traits qui s'épaississent, un sein qui se développe un peu plus que l'autre... Autant de dysmorphophobies naturelles à cet âge, mais qu'il faut apprivoiser, et non sans mal. Dans le miroir, l'image se brouille et fragilise celui qui se regarde. D'ailleurs, les adolescents n'arrêtent pas de se regarder, réussissant l'exploit de s'observer de dos, et même de profil. C'est le signe d'un narcissisme aigu, mais aussi la recherche d'une (ré)assurance qui viendrait apaiser le sentiment d'étrange étrangeté éprouvé face à soi.

« Suis-je beau (belle) ? » n'est pas la seule question. « Suis-je normal(e) ? » en est une autre, inévitable source d'angoisse. Et derrière les deux, une même interrogation : « Qui suis-je ? » L'adolescent se cherche, chercher à exister, sujet autonome par rapport à ses parents avec lesquels il prend de plus en plus de distance ; sujet sexué, à l'orée d'une sexualité agie qui suppose la rencontre et la conquête de l'autre. De là l'incertitude : « Vais-je plaire ? Suis-je désirable ? » qui renvoie encore à l'image de soi. Celle que l'on se sent capable de projeter, celle que l'on rêve et celle qu'on distingue dans le regard des autres.

Il suffit d'un rien pour que le doute s'installe : des hanches qui s'arrondissent un peu trop, des oreilles décollées, ou une remarque désagréable de la part d'autrui. S'il a par ailleurs une certaine confiance en ses capacités intellectuelles ou relationnelles, l'adolescent va supporter sans trop de dommages cette fragilisation. Mais s'il manque du narcissisme nécessaire, doute de lui, de ses choix, de ses possibilités, la fragilité propre à cet âge va venir s'ajouter à une fragilité plus profonde, renforçant la mauvaise estime de soi. Il risque alors de se replier sur lui-même, évitant autant que faire se peut d'affronter le regard des autres. A moins que, comme Caroline dont je parlais plus haut, il ne mette en place des stratégies un peu outrées pour pallier son manque de confiance en soi.

Se trouver – être – laid est parfois une douleur lancinante qui n'est pas sans conséquences pour l'avenir. Quand certains réussiront à dépasser une disgrâce physique, mettant en avant leur brio, leur charme, leur vivacité, toutes ces qualités qui aident à avoir une estime de soi positive et satisfaisante, d'autres vont être véritablement invalidés. Se trouver laid peut empêcher de vivre des amours auxquelles on pourrait prétendre. Se trouver laid, c'est ne pas oser dire à l'autre qu'il nous plaît, par peur de se faire rejeter. C'est s'interdire de rêver. Renoncer, pour les filles, à séduire le prince charmant et, pour les garçons, à faire succomber Marilyn... ou Lætitia Casta.

L'image de soi, au sens esthétique, est une sorte d'image érotique, érogène, essentielle pendant un laps de temps relativement court en regard d'une vie entière. Le temps de séduire, d'aimer et de faire des enfants. Comme s'il fallait que l'image soit belle pour qu'on s'autorise à la dupliquer. Faire un enfant, c'est créer une image à partir de la sienne, jugée assez satisfaisante.

*

Comment rassurer un(e) adolescent(e) qui se trouve moche ?

Lui affirmer le contraire est nécessaire, mais toujours insuffisant, hélas ! Si les enfants croient tout ce que disent leurs parents, à l'adolescence, ce n'est plus du regard parental qu'ils ont besoin, mais de ceux des garçons et des filles de leur âge, et même souvent un peu plus âgés.

Il se peut qu'un adolescent ait quelques raisons objectives de se sentir mal : des boutons d'acné, une peau et des cheveux gras, quelques kilos de trop... C'est peut-être le moment de lui proposer des soins particuliers : rendez-vous chez l'esthéticienne ou chez le dermatologue, séance au hammam avec massage, afin qu'un tiers non maternel le rassure et l'aide à gommer les petits défauts sur lesquels il se fixe.

Je crois également qu'il faut que les mères – qui vieillissent de moins en moins vite – soient vigilantes et ne se mettent pas en compétition avec leur fille adolescente. Cela peut paraître un peu original, mais c'est une réelle difficulté que d'avoir une mère un peu trop jolie, un peu trop séductrice, qui laisse peu de place pour s'affirmer en tant que presque femme.

De plus en plus d'adolescents veulent avoir recours à la chirurgie esthétique. Faut-il les encourager ou le leur interdire ?

Certains n'arrivent pas à s'habituer à leur corps qui se transforme et ne ressemble jamais au corps idéal qu'ils imaginent, le seul qui soit susceptible de séduire. Sous-doués du narcissisme, il veulent alors le modifier, l'améliorer, afin de le rendre conforme à l'idée qu'ils se font de la beauté. Chaque époque a ses critères en matière d'esthétique. Les femmes bien en chair de Rubens ou de Maillol sont aujourd'hui dépassées ; il faut au contraire être mince, musclé mais pas trop, bronzé – malgré toutes les mises en garde sur les méfaits du soleil –, avoir les dents blanches, la bouche charnue... Les médias, télévision en tête, contribuent à ériger des normes hors desquelles il semble impossible d'avoir la moindre chance de réussir. Parce qu'ils traversent une période de grande fragilité et ont besoin de s'identifier à des « héros », les adolescents sont peut-être plus sensibles que d'autres à ces modèles diffusés à l'échelle planétaire, confondant sans doute beauté et conformité.

Ceux qui ont recours précocement à la chirurgie esthétique montrent sans doute une plus grande fragilité. Faut-il les dissuader ? Le psychiatre que je suis aurait tendance à dire qu'il vaut mieux apprendre à chacun à s'accepter comme il est, imparfait certes, mais unique, original. Il faut cependant distinguer le type d'intervention. Que l'on souhaite se faire recoller des oreilles battant le vent qui, depuis l'enfance, condamnent au surnom de Dumbo, pourquoi pas ? Mais réclamer une liposuccion pour ressembler à un mannequin de magazines idéalisé, c'est autre chose. Qui peut dire que cela suffira ? que ce n'est pas que le prélude à une série d'interventions destinées à se rapprocher d'une image pourtant inatteignable et qui, chaque fois, engendreront déception et insatisfaction ?

Pour une bonne part, le rôle des parents consiste à montrer qu'il n'y a pas que le physique dans la vie. L'enfant existe, pas seulement parce qu'il est beau, mais parce qu'il a des qualités, des capacités qui font sa personnalité et le rendent unique. Il appartient aux parents de mettre ces qualités en exergue, depuis la plus tendre enfance, et de continuer à l'adolescence. Même s'il semble beaucoup moins réceptif, l'adolescent entend. Dans le fond, accepter son corps pour pouvoir l'habiter, tel qu'il est, est un signe de sortie de l'adolescence. « Finalement, je suis comme je suis, et je fais avec, en essayant d'en tirer le meilleur parti possible pour me sentir bien avec moi et bien avec le monde. »

Se vêtir

Il arrive que la sagesse populaire se trompe. Ainsi en est-il de l'affirmation : « L'habit ne fait pas le moine. » Je crois au contraire que, comme il fait le moine, l'habit fait l'homme, la femme, l'enfant.

Le fœtus est sans aucun doute une personne, mais c'est la seule à être nue. A part lui, tous les êtres humains sont habillés – même très légèrement –, et c'est là l'une de nos principales différences avec les animaux qui vont toujours nus, vêtus de leurs seuls poils. Si certains couvrent leur chien d'un manteau, ciré pour les jours de pluie, écossais pour les jours de froid, c'est bien parce qu'ils ne les considèrent plus tout à fait comme des animaux, mais comme des enfants, ces mêmes enfants qui habillent parfois leur ours en peluche pour en faire un compagnon de jeux et un confident idéal, semblable à eux.

A quoi sert le vêtement ? A cacher le corps, le sexe, en apparaissant alors comme propédeutique à la pudeur. Les vêtements sont toujours sexués, si ce n'est par la forme, du moins par la couleur. Rappelons-nous les chaussons que tricotaient nos grands-mères, à une époque où l'on ignorait le sexe du bébé à venir. Chaussons bleus pour les garçons, chaussons roses pour les filles, les deux pareillement faits, avec un petit cordon de laine terminé par deux minuscules pompons pour les nouer à la cheville et éviter que le bébé n'attrape froid aux pieds. Chaussons roses et chaussons bleus, à fredonner sur l'air de cerisiers roses et pommiers blancs, comme une comptine d'un autre temps.

Dès la naissance, les vêtements désignent le sexe, contribuant à « faire » la fille et le garçon, qui pour l'instant n'en ont cure puisque ni l'une ni l'autre n'ont encore de représentation psychologique de leur sexe. Il faudra attendre l'âge de raison pour que chacun réclame avec véhémence des habits qui signalent son appartenance à un sexe et pas à l'autre. Le vêtement, signe d'identité sexuée, est indissociable du développement psychosexuel.

L'adolescence marque un temps particulier dans la façon de se vêtir. On s'habille comme le groupe de pairs auquel on appartient, pour se sentir conforme et différent à la fois, conforme à ceux de son âge, différent des adultes et surtout des parents. On s'habille pour s'identifier autant que pour se singulariser. On tente parfois de prolonger cette adolescence en adoptant une vêture qui évoque la jeunesse, tend à nier le temps qui passe et nous transforme. Mais un jour, plus tard, vient un moment où l'on doit bien se résoudre à adopter des habits un peu plus conventionnels, qui cachent les métamorphoses du corps et montrent notre acceptation de la vie telle qu'elle est, avec la vieillesse qui, pour être supportable, n'a pas besoin de se nier en se déguisant.

Des habits pour se protéger et pour rêver

J'ai reçu un jour une petite fille de 5 ans, jolie, vive, intelligente. Ses parents l'amenaient en consultation pour un motif somme toute peu banal : la charmante Sandra refusait absolument d'enfiler des vêtements neufs, un comble puisque sa maman tenait une boutique de prêt-à-porter pour enfants. Voilà justement ce que ne supportait pas la fillette : que sa mère habille des inconnus qui étaient pour elle autant de rivaux. En ne portant que des vieux habits, un peu passés, un peu étroits, elle affirmait sa singularité par rapport à eux.

Comme si cela ne suffisait pas, Sandra avait une sœur, que sa mère habillait avec les vêtements de l'aînée gardés précieusement, provoquant de vives protestations de la part de cette dernière : c'étaient *ses* habits, ils lui appartenaient, à elle et à personne d'autre. A travers ses vêtements, Sandra revendiquait son identité et sa place dans la fratrie. Une petite sœur qui oblige à partager l'amour parental, c'est déjà difficile à accepter. Mais une petite sœur qui, par le biais des vêtements, devient un autre soi, risquant de la détrôner, de l'effacer, cela devient vraiment douloureux.

Comme bien souvent en pareil cas, il a suffi d'expliquer à la fillette qu'elle pouvait porter des vêtements neufs sans être confondue avec les enfants de la boutique de sa mère, sans disparaître derrière sa petite sœur et sans rien perdre de l'affection de ses parents, pour que les choses s'arrangent.

Sandra est revenue quelques semaines après la première consultation, habillée de neuf des pieds à la tête. Comme je restais seul un moment avec elle, elle me dit : « Je peux te confier un secret ? » Bien sûr, les psychiatres adorent les secrets de petite fille... Mais la voilà qui a commencé à soulever son pull-over, provoquant chez moi une vague panique, que la fillette calma aussitôt, exhibant non sans fierté un vieux tee-shirt, soigneusement dissimulé sous ses vêtements neufs !

Il n'y a dans cette attitude aucune pathologie, cela va de soi. Pour cette petite fille comme pour beaucoup d'entre nous, le vêtement était une seconde peau.

Les vêtements sont le domicile du corps. Un peu comme on habite sa maison, on habite ses habits. Et, de manière un peu contraphobique, pour conjurer la peur, la fragilité, on va se réfugier dans des habits fétiches comme on se réfugie dans sa chambre, bien au chaud et bien à l'abri, protégé par un vêtement que l'on aime particulièrement parce que l'on s'y sent à l'aise. Toute notre vie, nous garderons ainsi le souvenir d'un pull, d'une robe ou d'un chemisier que l'on aimait plus que d'autres et que l'on regrette d'avoir jetés, parce qu'ils étaient comme un morceau de nous, un moment privilégié de notre vie, un peu de notre intimité, un peu de notre identité que l'on voudrait retrouver. Identité réelle ou identité d'emprunt, rêvée, la vêture permettant, l'espace d'un instant, de devenir un autre que soi. Adolescent, j'achetais des chemises de matelot, que je trouvais splendides avec leurs manches courtes et leurs galons que je n'aurais sans doute jamais pu conquérir. Grâce à elles, j'étais tout à la fois Pierre Loti, Victor Segalen, ou un marin des colonies disparues.

Paradoxe du vêtement, il cache en même temps qu'il montre. Il est tout à la fois une protection et une affirmation de soi. Une façon d'être au monde.

Les lolitas

J'ai reçu l'autre jour une jeune adolescente, que certains auraient qualifiée de « bombe », d'autres de « bimbo », le premier qualificatif me paraissant nettement plus flatteur que le second. A 13 ans, elle refuse d'aller au collège, passe cinq à six heures par jour à se maquiller et à s'habiller, rêve de devenir actrice de films X.

Pour être un peu outré, le cas n'en est pas moins représentatif. Sans doute faut-il y voir un reflet du phénomène de *Star Academy* et autres émissions de téléréalité offrant des modèles identificatoires qui sont autant d'images projetées et revendiquées, notamment à travers la vêture. Hier, les jeunes filles en fleurs s'identifiaient volontiers aux nymphettes photographiées par David Hamilton, romantiques et évanescentes, mais toujours légèrement impudiques, dévoilant un sein à travers leur tunique d'inspiration hippie. Les lolitas d'aujourd'hui ne sont pas plus inquiétantes : elle se contentent de refléter la société dans laquelle elles vivent, une société dominée par une sorte de sexualisation à outrance.

Il me semble que toutes les jeunes filles, à l'entrée de l'adolescence, traversent une période un peu exhibitionniste, se transformant en objets sexuels, affichant des tenues provocantes qui soulignent et mettent en valeur leurs formes naissantes. C'est leur façon à elles de signifier qu'elles sont grandes, d'accélérer un peu le temps. Leur mauvais goût apparaît comme un signe d'évolution naturel. Elles s'habillent de manière suggestive, montrant des attributs sexuels qui ne sont pas encore opérationnels, afin de les intégrer peu à peu et de s'aider à les accepter. Pour paraphraser le Tartuffe de Molière, elles montrent ces seins que l'on ne saurait voir... Mais elles ont besoin d'être vues, regardées, admirées, afin de s'assurer de leur pouvoir de séduction et de leurs capacités à être désirées, donc aimées.

Cela peut s'assimiler à une forme d'hystérie assez classique, presque inévitable à cet âge : ce que l'on donne à voir est plus important que ce que l'on ressent. Ici, elles veulent apparaître désirables, mais sans éprouver de désir, parce qu'elles sont trop jeunes pour cela ; elles s'autorisent à exhiber ce qui n'est pas encore consommable. Cette attitude peut aussi correspondre à une protection un peu névrotique contre un doute de soi : on projette à l'extérieur des capacités de plaire, peut-être par crainte intime de ne pas être assez compétent, assez séduisant. « Je fais d'autant plus de charme que je ne crois pas en moi, en mes possibilités d'être suffisamment attractive. »

Ces adolescentes sont semblables à des vitrines de joailliers comme il y en a rue de la Paix et place Vendôme, à Paris. Les bijoux magnifiques qui y sont exposés, on les admire, on rêve parfois de les mettre à son doigt ou autour de son cou, mais on ne le peut pas, parce qu'ils sont inaccessibles au commun des mortels. Pour se les approprier, il faudrait pénétrer dans la vitrine par effraction. Les lolitas sont des bijouteries, exhibant des joyaux que les vêtements mettent en valeur. On peut les regarder, les convoiter peut-être, pour certains, mais on ne peut pas y toucher, sauf par effraction. Elles s'offrent aux regards, mais elles n'ont pas encore la maturité sexuelle qui permet le passage à l'acte. Et si elles veulent bien croire qu'elles peuvent être aimées, cela ne signifie en aucun cas qu'elles puissent aimer déjà.

Sans doute ces jeunes filles appartiennent-elles à cette catégorie de la population que j'évoquais précédemment et que l'on désigne aujourd'hui sous le terme de préadolescents. Elles en sont encore au stade de la sensorialité, et si sexualité il y a, elle est toujours induite, forcée, quand chez l'adolescente elle est pensée, raisonnée, désirée.

Les gothiques

Ce sont des silhouettes noires, des pieds à la tête. Noirs, leurs cheveux. Noirs, leurs ongles peints, comme leurs lèvres. Uniformément noirs aussi, leurs vêtements. Ils affichent volontiers des croix, des chaînes, ne dédaignent pas le piercing. Voilà un deuxième aspect, sans doute plus pathologique, de la vêture.

Certes, le noir à l'adolescence, tout le monde aime ça. Cela permet de jouer les femmes fatales et les beaux ténébreux, et aussi de se dissimuler un peu, de passer davantage inaperçus qu'en arborant des couleurs pastel ou fluo. Mais il y a chez certains gothiques, ceux qui se disent « sataniques », une mélancolie, une fascination pour le morbide qui s'avèrent parfois inquiétantes. Le satanisme induit un tas de rituels organisés, où il est question de diable, d'enfer, avec des atteintes au corps, parfois gravissimes, comme s'il y avait là une bascule dans l'impasse de la mort.

Parce que les sataniques exhibent volontiers des symboles religieux, j'oserai une comparaison entre leur vêture et celle des moines. Dans l'un et l'autre cas, tout semble fait pour que le corps ne puisse pas jouir, ou seulement au prix d'une certaine souffrance. Alors que les lolitas, dans leur provocation, affirment qu'elles auront un jour une sexualité et se placent du côté de la vie, les sataniques, eux, sont du côté de la mortification, cachant un corps blessé, meurtri, sous les vêtements. Un corps qui, à force de souffrance, n'a plus de sexe.

Le vêtement thérapeutique

S'habiller ample pour dissimuler un corps qui se transforme et inquiète celui ou celle qui est en proie à la métamorphose pubertaire est chose assez courante. Mais cela permet aussi de faire un diagnostic des conduites alimentaires addictives. La boulimique masque ses formes trop épanouies, comme l'anorexique, du moins au début ; l'une et l'autre cherchent dans un premier temps à cacher leurs troubles du comportement alimentaire en soustrayant leur corps aux regards, y compris à leur propre regard. Il arrive que certaines anorexiques n'aient plus ce souci d'ampleur et de dissimulation, montrant ainsi qu'elles sont parvenues à ce stade de leur pathologie où elles ne voient plus ni leur corps, ni leur extrême maigreur qui provoque le malaise chez ceux qui les regardent.

Au centre Arthur, à Marseille, une unité qui reçoit une vingtaine d'adolescents en difficulté, principalement des anorexiques et des boulimiques, nous avons créé une « vêtothèque ». Chacun peut y essayer et y emprunter des vêtements de créateurs, à la mode, jolis, agréables à porter. Personne n'y est obligé, mais l'expérience est assez tentante pour que la plupart se prêtent au jeu. Certaines hésitent, refusent d'abord de sortir de la cabine, de rencontrer leur image dans le miroir... Peu à peu, elles apprennent à regarder à nouveau un corps qu'elles avaient totalement délaissé, un corps nié parce que toujours trop encombrant. Le vêtement prend alors une valeur thérapeutique évidente, que chacun d'entre nous a, à sa façon, expérimenté, choisissant certains vêtements certains jours dans le seul but de se remonter le moral et de se sentir un peu plus en accord avec soi-même.

Au début des années 1970, le grand psychiatre Didier Anzieu définissait le concept de « Moi-peau ». Les contacts mère / bébé, passant en grande partie par la surface cutanée, notamment lors de la toilette, permettent à l'enfant de devenir soi dans sa peau, sa contenance, le moi se constituant dans un sorte de pré-moi corporel. Le « Moi-peau » est une enveloppe narcissique, assurant le bien-être et la sécurité de base, protégeant tout à la fois de soi-même et des autres. On imagine alors pouvoir parler de « Moi-habit », une seconde peau qui, comme la première, va évoluer avec le temps, mais qui saura servir de refuge.

*

Un adolescent qui s'habille de façon un peu androgyne montre-t-il une tendance à l'homosexualité ?

Depuis quelques années, la mode est largement unisexe, mais les stéréotypes ont la vie dure : personne ne pense qu'une fille qui porte des pantalons est une future homosexuelle. Mais gare au garçon qui aurait les

174 *Tout ce que vous ne devriez jamais savoir...*

cheveux un peu trop longs et des tenues un peu trop soignées !

Le vêtement est un signe d'appartenance à un groupe de pairs, une inscription au sein d'une génération qui doit s'affirmer différente de celle des parents – ce qui devient difficile puisque les parents ont tendance à s'habiller comme de grands adolescents. Tous les excès sont alors possibles ; les adolescents passent souvent d'un style à l'autre, parce qu'ils sont à la recherche de leur identité.

Mais l'androgynie n'est pas un signe d'homosexualité. Je crois qu'il faut poser la question d'une autre façon : à force de parler parité, égalité hommes et femmes, comment revendiquer encore ses différences ? On dit : « Les femmes sont comme les hommes » et la mode suit les concepts sociaux. C'est un fait majeur, les femmes ont accédé à la violence qui était autrefois un attribut exclusivement masculin. La guerre, les croisades, les combats de gladiateurs... A-t-on jamais vu des femmes gladiatrices ? Je ne le crois pas. Le seul exemple de violence féminine équivalente à celle des hommes, ce sont les Amazones. Mais pour pouvoir tirer à l'arc sans aucune gêne, ces cavalières se faisaient amputer d'un sein, attribut féminin s'il en est, prouvant qu'elles n'étaient plus tout à fait des femmes. Aujourd'hui, plus besoin de s'amputer de la sorte. Il est admis que les femmes peuvent s'habiller comme des hommes. Pourquoi les hommes ne pourraient-ils pas s'habiller comme des femmes, sans que l'on y voie un signe d'homosexualité ? La vêture androgyne peut être l'expression d'une part féminine un peu développée, mais elle est plus sûrement un passage, le signe que l'adolescent cherche sa vraie personnalité.

Les piercings que les adolescents affectionnent peuvent-ils être considérés comme une marque de perversion ?

Le désir de piercing montre une prise de possession de son corps : « Je peux en faire ce que je veux, l'embellir, le tatouer, le percer ou même l'abîmer. » Bien qu'il soit aujourd'hui très répandu, le piercing continue d'être considéré par certains comme un rite initiatique qui marque leur entrée dans l'adolescence et les rend conformes à leur groupe. Il faut y voir une sorte de corporatisme, même s'il ne me paraît pas tout à fait anodin de s'attaquer ainsi à son corps.

Le plus souvent, le piercing n'a pas de caractère érotique particulier, sa valeur supposée étant davantage esthétique que sexuelle. Il convient cependant de faire la différence entre un piercing isolé et une collection de piercings, entre un passage de la vie, un temps d'attente et d'incertitudes, et ce qui s'apparente à du sadomasochisme – avoir mal, faire mal étant tout de même des notions terriblement sexuées et qui montrent un trouble du rapport au corps. Je ne saurais trop conseiller aux parents d'accepter le premier piercing : voilà sans doute le meilleur moyen d'éviter que d'autres suivent, les adolescents étant avant tout, rappelons-le, des grands provocateurs de parents ; plus ils les énervent et leur déplaisent, plus ils sont contents.

Faut-il interdire à sa fille de s'habiller comme une lolita ?

Il y a là un fait presque sociologique : notre société semble être devenue une fabrique de lolitas. Les magazines d'adolescentes, les émissions de téléréalité, la publicité proposent un seul et même modèle identificatoire, celui de très jeunes filles exhibant leurs formes dans des tenues hyperprovocantes et hypersexualisées, tenues que l'on retrouve dans tous les rayons de vêtements pour enfants. Il est donc difficile d'y échapper, surtout à un âge où, pour se sentir exister, il faut « être comme », l'être se confondant avec le paraître.

Il n'en reste pas moins que les parents sont libres d'interdire ce genre de vêtements ou, en tout cas, de limiter certains excès. Le minimum qu'ils puissent faire est de mettre leur adolescente en garde. En effet, il n'y a rien de plus érotique que l'hystérique qui cherche à plaire, à séduire, à charmer. En s'affichant ainsi, elle risque de provoquer la confusion et de s'attirer des ennuis ; certains ne feront pas la différence entre ce qu'elle montre et ce qu'elle est vraiment. En revanche, il est interdit aux parents d'affubler leur jeune adolescente de qualificatifs peu flatteurs – « allumeuse », « vulgaire », pour ne citer que les moins choquants.

Que les jeunes filles aient ces tendances exhibitionnistes n'est pas inquiétant. En revanche, l'attitude des parents qui les encouragent dans cette voie peut poser question. Cette attitude est toujours assez malsaine, mais, paradoxalement, elle peut être interprétée comme un moyen conjuratoire d'annuler la sexualité possible. Une lolita, c'est un produit de consommation qu'on exhibe, avec fierté souvent, une publicité pour une sexualité future, comme cette fille qui, il y a quelques années, promettait sur les affiches : « Demain, j'enlève le haut. Demain, j'enlève le bas. » Une lolita, c'est une promesse. Une façon pour la mère de revivre à travers elle sa propre adolescence, une image de soi projetée qu'on n'est plus mais qu'on voudrait être encore, et avec laquelle on n'est pas en complète rivalité puisque la lolita, elle, ne peut pas être fécondée. Plus naïvement, elle est une exhibition de l'enfant qu'on a fait et, finalement, les regards sur elle nous confortent dans notre intuition d'avoir fait la plus jolie fille de la Terre. Les pères, eux, bougonnent, râlent, mais dans le fond ils sont fiers. « Elle est belle, ma fille, mais elle est à moi, et aucun homme ne peut la regarder comme je la regarde. » Dans sa chanson *Cécile, ma fille*, Claude Nougaro a décrit, mieux que personne, cette ambiguïté paternelle à laquelle il faut prendre garde.

Aimer le même

Grégoire a 7 ans. C'est un petit garçon passionnant : intelligent, brillant, séducteur, manipulateur. Il demande à son père de lui acheter des jouets de fille, ce que celui-ci accepte sans sourciller, alors que la mère semble davantage préoccupée par cette question. C'est à la naissance de son petit frère, alors qu'il avait 5 ans, que Grégoire a développé ce comportement. Lorsque je lui demande quel métier il aimerait exercer plus tard, lui proposant d'emblée les incontournables « pompier » ou « footballeur », si typiquement sexués, il me répond sans hésiter qu'il veut devenir sorcier. Le père reprend alors la parole pour m'expliquer ce choix surprenant : « Un sorcier, grâce à ses pouvoirs magiques, pourrait le transformer en fille. » Entre l'inquiétude de la mère et la trop grande tolérance du père, je me situe dans une position intermédiaire en disant qu'il ne faut pas transsexualiser une tendance homosexuelle chez ce petit garçon étonnant de brio et de charme.

Alors que la majorité des pères refuse de reconnaître précocement l'homosexualité de leur fils et, plus tard, a beaucoup de mal à accepter son choix sexué, le père de Grégoire aurait même tendance à l'encourager, excluant la mère de leur relation, se mettant avec elle en rivalité, comme s'il voulait occuper la première place dans le cœur de son fils. Celui-ci est dans une stratégie amoureuse vis-à-vis de son père, captant toute son attention comme pour mieux le détourner du plus jeune frère. Il inverse la problématique œdipienne, non pas en craignant le père, mais en le séduisant. Et l'acceptation de cette séduction pose le problème de l'homosexualité paternelle.

On ne peut présager du développement de Grégoire. Mais si son père ne parvient pas à changer d'attitude, à lui faire comprendre qu'il l'aime même si c'est un garçon et à lui acheter des voitures comme il en achète au petit frère, cet enfant risque de n'avoir d'autre choix que de devenir homosexuel.

Nous voici confrontés à la question de la « genèse » de l'homosexualité masculine. On dit souvent, de façon abusive et non fondée, qu'elle est à mettre sur le compte d'une mère envahissante, étouffante, « castratrice ». Bien sûr, l'enfant peut se trouver face à une fragilité maternelle : parce qu'elle aurait perdu une petite fille avant la naissance de son fils ; parce que, du fait de son organisation fantasmatique et de son histoire personnelle, elle souhaiterait exclusivement une fille, une mère peut projeter sur son petit garçon des traits féminins, comme si elle n'arrivait pas à s'adapter au sexe de son enfant, et provoquer chez lui un surcroît d'identification maternelle. Mais encore faut-il que l'enfant soit réceptif à cette fragilité pour devenir homosexuel, se conformant ainsi à un choix identitaire induit par la mère.

L'histoire de Grégoire montre, si besoin est, que, comme toujours, tous les cas de figure sont possibles, le trouble sexué du père entraînant ici une érotisation de la relation. Mais, en règle générale, il me semble plus juste de dire que l'homosexualité masculine se joue dans une impossibilité à s'identifier au père, vécu comme menaçant et séduisant à la fois. Un père avec qui le fils ne peut rivaliser, auquel il ne peut ressembler, qui est redouté en même temps qu'il attire. Dans le tabou de l'inceste, le désir du garçon, qui est alors dans une identification féminine massive, ce désir est pour le père.

L'événement, l'expérience intime qui déterminent cette orientation particulière de la libido ne sont pas conservés dans la mémoire consciente, mais on peut avancer, sans risque de se tromper, qu'ils remontent aux toutes premières années de la vie. L'homosexualité n'est pas un « accident » qui surviendrait brutalement à l'adolescence, mais une prise de conscience de quelque chose que l'on porte en soi depuis longtemps et que l'on avait enfoui, ou détourné, ou sublimé. Il y a cependant des signes avant-coureurs ; c'est pourquoi je crois que l'on peut faire très tôt le diagnostic de l'homosexualité chez le jeune enfant.

Provocation et exhibitionnisme

Benjamin est en sixième. Il est en opposition permanente. Il s'oppose à ses parents, violemment, et surtout à sa sœur qu'il persécute sans cesse, montrant une rivalité fraternelle exacerbée. Ce garçon a des attitudes de défi et de mégalomanie ; il a l'impression d'avoir toujours raison. S'il a une mauvaise note, c'est toujours de la faute du professeur. Hélas, il récolte beaucoup de mauvaises notes. On pourrait sans doute le considérer comme un jeune adolescent frondeur et rebelle mais, dans le même temps, il est très isolé de ses camarades ; or un mauvais élève, insolent et frondeur, est rarement isolé.

Alors que sa mère vient consulter pour ses troubles du comportement à l'école et sa rivalité fraternelle, à un moment, elle dit à son fils : « Parle-lui de la salopette. » Benjamin affectionne, paraît-il, les salopettes. Il en a plusieurs, de différentes couleurs, toujours un peu voyantes, qu'il porte pour aller à l'école, ce qui lui vaut les quolibets des garçons de sa classe. Comme je lui demande pourquoi ces salopettes, il me répond qu'il aime ça, depuis toujours, que personne ne lui a jamais demandé d'en porter, mais que sa mère veut bien les lui acheter.

Par sa remarque apparemment anodine, la mère m'ouvre la voie, me permet de comprendre pourquoi, fondamentalement, Benjamin est mal supporté par ses pairs et pourquoi il est dans une opposition permanente et violente. C'est une façon de fabriquer des symptômes pour mieux masquer celui qui l'angoisse. Il est d'autant plus opposant, d'autant plus provocant que ce qui lui fait peur, c'est de se sentir différent des autres. Et il ne supporte pas le moindre reproche sur son attitude, car il l'entend toujours comme un reproche de son choix sexué. Les salopettes qu'il arbore ne sont, en fin de compte, qu'une provocation supplémentaire. Benjamin exhibe ainsi un choix différent, sans doute homosexuel, et récolte en retour l'agressivité de ses camarades qu'il « agresse » par sa différence. C'est l'un des traits habituels de l'homosexualité que de s'exhiber tout en ne disant pas son nom. Ce presque adolescent ne sait pas qu'il est homosexuel mais, par sa vêture, il montre ce dont il n'a pas encore pris conscience. Sans doute sa mère en a-t-elle déjà fait le diagnostic et s'adapte-t-elle au choix de son fils plutôt que de vouloir à tout prix le « redresser » et le rendre conforme.

Etranger aux autres, étranger à soi-même

Arthur a 14 ans. Il est très inhibé, n'a pas de relations avec les adolescents de son âge, se replie sur lui-même. Français par sa mère, secrétaire, il est malgache par son père, barman. Les parents vivent ensemble, mais Arthur évite toute relation avec son père, envers lequel il manifeste au mieux de l'indifférence, au pire du mépris. Lorsque je lui parle de sa double origine, que les enfants considèrent souvent comme un plus, une originalité dont ils sont fiers, Arthur hausse les épaules : « Ça ne m'intéresse pas. » Il n'a, dit-il, aucune envie d'aller à Madagascar, de rencontrer sa famille paternelle restée là-bas.

Là encore, le refus du père est refus d'une identité masculine, refus de la part masculine qui est la sienne et dans laquelle Arthur ne se reconnaît pas. L'exotisme de sa double origine représente un autre exotisme qu'il préférerait oublier, son homosexualité. Il se désintéresse alors de cette part étrangère comme pour mieux tenir à distance la part étrange de lui-même. Il ne supporte pas d'être étranger à son sexe. De se sentir étrange. Un étrange étranger.

Il est classique pourrait-on dire que, au début de l'adolescence, celui ou celle qui se sent homosexuel crée un isolement autour de lui. Non parce qu'il n'a pas les capacités intellectuelles et sociales qui permettent la relation à autrui, mais parce qu'il a peur. Peur que d'autres s'aperçoivent d'une homosexualité qu'il s'efforce de cacher, peur d'être repéré comme différent. Alors que, paradoxalement, certains petits garçons sont assez exhibitionnistes lorsqu'ils sont petits, adoptant des postures, des mines, des expressions féminines, à l'adolescence, ils font tout pour dissimuler leur choix homosexuel. Tant que l'homosexualité est une hypothèse, elle est une douleur aménageable ; c'est pour cela que les enfants, même s'ils pressentent qu'ils ne sont pas tout à fait comme les autres, la vivent sans trop de dommages. Mais quand elle s'impose, devient réalité, on prend la douleur de plein fouet. L'adolescent éprouve souvent un terrible sentiment de culpabilité à cause d'un choix contre lequel il ne peut rien. Il est aux aguets de toutes les marques de rejet dont font encore l'objet les homosexuels : le père qui traite Untel de « pédé », les plaisanteries lourdes des parents ou des copains, tous les discours de l'homophobie ordinaire, ce racisme qui ne dit pas son nom. Il redoute ces regards qui jugent, comme le regard un peu trop bienveillant de certains vieux homosexuels qui semblent toujours à l'affût d'une jeune proie. Victime désignée ou gibier pour pervers : pour y échapper, l'adolescent se fait le plus discret possible, afin que nul ne puisse le repérer.

Pour les psychiatres et les psychanalystes, l'homosexualité est une perversion. Il n'y a là aucun jugement moral : le terme ne saurait être réprobateur puisque cette transgression est rarement absente de toute vie sexuelle. Freud écrit ainsi : « On peut toujours, au moins un temps, substituer une perversion de ce genre au but sexuel normal, ou lui ménager une place à côté de celui-ci », nous le verrons au moment de l'adolescence.

La sexualité se joue pourtant dans la différence. C'est la différence des sexes qui fonde l'acte sexuel. Le mystère de la sexualité est mystère de l'autre qui n'est pas comme soi, ne ressent pas les mêmes choses que soi. Les homosexuels ne choisissent pas leur objet d'amour sur le modèle de la mère, comme on pourrait le croire, mais se cherchent eux-mêmes comme objets d'amour, leur choix étant de type narcissique. L'homosexualité apparaît alors comme une maladie du même, une pathologie du pareil, une impossibilité à accéder au désir de l'autre sexe. Comme si la réassurance de soi, de l'image de soi, ne pouvait se faire que dans la proximité du même sexe, l'autre sexe représentant un inconnu menaçant, voire dangereux. Moi, psychiatre, je me moque de la déviance, sinon il faut que je change de métier. Ce qui m'intéresse, c'est la souffrance qu'elle engendre, mon rôle consistant à faire en sorte que l'adolescent puisse s'accepter et être accepté par son entourage.

Une stérilité psychique

Simon vient me voir avec sa mère et sa grand-mère. Gentil, sociable, bon élève, il a longtemps représenté pour ses parents une espèce d'enfant idéal... Mais voilà qu'à l'adolescence il pose des problèmes préoccupants. Il saborde sa scolarité, et lorsqu'on lui reproche, à juste titre, de mettre ainsi son avenir en péril, il a des réactions extrêmement violentes et désespérées, faisant plusieurs tentatives de suicide : une fois, il a essayé de se défenestrer et a été rattrapé de justesse par son père ; une autre fois, il s'est sectionné les veines du bras... ce qui lui a valu, chaque fois, d'être hospitalisé. Cette auto-agressivité va se muer en hétéro-agressivité, Simon bousculant physiquement sa mère et sa grand-mère et se mettant, vis-à-vis de son père, en position de défi et de combat permanent. La famille est très éprouvée par cet enfant idéal qui, brutalement, et sans qu'on comprenne pourquoi, décompense.

C'est lui qui, lors d'un entretien individuel, va me révéler une homosexualité qu'il n'ose pas dire à sa famille, se sentant très coupable, et expliquant le sabordage de sa scolarité et ses différents passages à l'acte par son incapacité à survivre à cela. Au terme de quelques semaines, il va réussir à en parler à sa grand-mère. Laquelle le dira à la mère de Simon, qui, à son tour, le dira au père, provoquant un émoi très vif au sein de cette famille.

Les chiffres parlent d'eux-mêmes : si le suicide est bien la seconde cause de mortalité chez les jeunes, les adolescents homosexuels font sept fois plus de tentatives de suicide que les autres, prouvant ainsi combien leur parcours est douloureux et combien il est difficile pour eux d'assumer ce que j'appelle un choix, mais qui s'est imposé à eux.

Le plus difficile est peut-être l'« aveu » de cette homosexualité, parce que cet aveu est impudeur. Un adolescent peut parfaitement décider de cacher ses premières histoires d'amour à ses parents ; l'homosexuel, lui, se sent *obligé* de les cacher. S'il amène son petit ami chez lui, il est « découvert » et doit en quelque sorte s'expliquer, se justifier. L'homosexualité entraîne une impudeur parce qu'elle implique de dire sa sexualité différente. Pour ma part, je suis partisan du non-dit de la part des homosexuels et de la part des parents. Ce n'est pas une démarche hypocrite ; dans le fond, c'est reconnaître que la sexualité, celle des parents comme celle des enfants, ne regarde personne d'autre que soi.

Les hommes politiques, les artistes et autres personnalités qui font aveu public de leur homosexualité me semblent aller dans le sens d'une impudeur inutile, se transformant en exhibitionnistes et transformant ceux qui les écoutent en voyeurs, comme cela se passe lors de la Gay Pride, par exemple. Or, les homosexuels qui attirent les quolibets et la réprobation sont justement les exhibitionnistes, ceux qui, par leur attitude, leur vêture, dans une sorte de provocation permanente, proclament au monde leur sexualité. L'afficher ainsi est un aveu de peur, de malaise. On n'a pas à exhiber ni à revendiquer ce qui reste de l'ordre de l'intimité. Il faut retrouver de la pudeur dans l'homosexualité. Et du respect.

Lors des autopsies psychologiques que nous menons auprès des adolescents qui ont fait des tentatives de suicide, il ressort que l'une de leurs craintes principales est la stérilité symbolique qu'entraîne l'homosexualité. C'est là un fait particulièrement intéressant dans la mesure où il me semble que, si l'homosexuel dérange, c'est justement parce qu'il pose le problème de la descendance. Nous faisons des enfants pour lutter contre la mort, pour qu'ils nous prolongent, fassent de nous des grands-parents, perpétuent une histoire familiale. L'homosexuel, lui, interrompt la chaîne. Sans doute est-ce pour cela que l'homosexualité féminine est mieux acceptée que celle des garçons, les femmes pouvant malgré tout procréer. Mais la stérilité qui résulte d'une maladie organique n'engendre pas le rejet ; la stérilité symbolique des homosexuels est condamnée, car considérée comme un choix volontariste de stérilité.

Se pose alors la question de l'adoption par les homosexuels. A en croire les sondages, 80 % des Français y sont opposés. Je crois qu'il faut interpréter ces chiffres différemment : 80 % des Français redoutent plutôt que leur enfant, notamment leur fils, soit homosexuel, par crainte de voir interrompre leur descendance. Mais si l'on posait la question de l'adoption aux parents d'homosexuels, je suis prêt à parier que, à 80 %, ils se prononceraient pour. Ce sujet délicat et douloureux pour beaucoup réclame en tout cas un vrai débat de société.

Généralement, et c'est heureux, la plupart des parents finissent par accepter leur enfant homosexuel. Et les adolescents parviennent à vivre leur choix sexué. C'est le cas de Simon, évoqué plus haut. Pour mettre un terme aux relations houleuses au sein de sa famille, une mise en internat avait été envisagée dans un premier temps, mais s'est révélée impossible. J'ai alors plaidé pour que ce garçon puisse vivre, de façon indépendante, dans un studio proche du lycée. Les choses se sont arrangées peu à peu. Il continue à voir sa famille, ne manifeste plus aucune agressivité vis-à-vis de sa mère. En revanche, avec son père, les relations sont très distanciées, la communication paraissant toujours plus difficile. Le cas de figure est presque classique : les mères acceptent plus facilement un choix qu'elles ont souvent repéré depuis longtemps, même en refusant de se l'avouer. Les pères sont davantage dans la réprobation, le jugement, l'incompréhension : l'homosexualité de leur fils remet en cause leur virilité, soulignant la part homosexuelle que chacun porte en soi mais préfère ne pas voir.

Malgré cela, Simon se sent mieux ; il envisage, après son baccalauréat, de rejoindre une grande ville universitaire, afin d'être moins repéré et moins repérable que dans sa petite ville d'origine. Il veut vivre comme tout le monde, sans que personne ne puisse le désigner comme homosexuel.

Eloigner les adolescents présente de nombreux avantages. Cela permet en effet de mettre de la distance entre soi et sa famille, souvent vécue comme encombrante, étouffante, d'acquérir une plus grande autonomie et, au-delà, de vivre sa sexualité en dehors du regard des parents. Cela est valable aussi pour les adolescents hétérosexuels.

Homosexualité féminine

Dans *Psychogenèse d'un cas d'homosexualité féminine*, Freud raconte l'histoire d'une jeune fille de 18 ans. Belle, intelligente, elle est issue d'une famille aisée qui supporte mal son attirance pour une « cocotte », comme on disait à l'époque, de dix ans son aînée. Cette femme l'ayant repoussée après que le père les eut surprises marchant bras dessus, bras dessous dans la rue, la jeune fille tente de se suicider en se jetant sur la voie ferrée.

Freud explique son homosexualité ainsi : un frère est né alors que la petite fille, en pleine période du complexe d'Œdipe, était amoureuse de son père. Déçue par l'objet de son désir, en l'occurrence ce père qui a fait un enfant à la mère et non à elle, elle s'est alors totalement identifiée à lui : « Elle devient l'homme à la place de son père, prend sa mère comme objet d'amour », note Freud. Pour lui, l'homosexualité féminine est la réalisation d'une identification masculine, signe d'une rivalité et d'un défi au père.

Une petite fille vient me voir pour un motif que je n'avais jamais rencontré jusqu'à présent : elle a peur d'être homosexuelle. Chose extraordinaire, à 8 ans, elle dit avoir une attirance affective et amoureuse pour les camarades de son sexe.

Même si le temps de l'adolescence n'en finit plus de s'allonger, à 8 ans, les enfants sont encore en phase de latence. C'est un standard : les filles ne veulent jouer qu'avec les filles, les garçons ne s'amusent qu'avec les garçons, les unes méprisant les autres, et inversement. Ils ont des amis du même sexe, sont parfois assez exclusifs. Là, c'est différent : cette petite fille ne parle pas d'une amie qu'elle aurait préférée à toutes les autres, comme c'est souvent le cas, mais d'un attirance physique, quasi sexuelle, pour les filles en général.

La mère m'explique alors qu'elle a divorcé peu après la naissance de sa fille, quittant le domicile conjugal sans fournir aucune explication. Huit ans plus tard, elle parvient à me dire que c'est parce qu'elle ne pouvait plus vivre avec un homme, ne supportant plus une présence physique masculine dans son espace et la sexualité qu'elle suppose. A présent, sa fille de 8 ans me confie : « Quand je vais voir mon papa, je veux toujours qu'on soit dehors, je n'aime pas qu'on reste enfermés dans la maison tous les deux » – comme s'il y avait une sorte de rapt, d'exploration préhistorique du psychisme de la mère par cette enfant qui refuse à son tour de rester sous le même toit qu'un homme. Vivant seule avec sa mère qui, bien évidemment, n'a pas refait sa vie, cette gamine redoute de devenir homosexuelle. C'est une interprétation de ma part, mais je crois qu'elle s'efforce plutôt d'être fidèle à sa mère, ne supportant pas, comme celle-ci, la moindre présence masculine, reprenant à son compte une probable tendance homosexuelle maternelle.

Lors du divorce des parents, il n'est pas rare d'observer chez les filles une phobie de l'image paternelle. La peur de l'homme qu'il représente entraîne une relation fusionnelle avec la mère, comme si la fille voulait ainsi s'épargner une érotisation « normale » avec son père. Il s'agit là d'un trait d'homosexualité, mais on ne peut anticiper l'avenir. En revanche, l'impossibilité d'une identification masculine risque d'entraîner des troubles dans le développement et des difficultés relationnelles plus tard.

On ne peut donc présager de ce que sera le choix sexué de cette petite fille. Mais il est intéressant de souligner que, quand les autres enfants, lors de la période de latence, ne sont absolument pas préoccupés par les choses du sexe, ceux qui ont fait un choix d'homosexualité sont davantage troublés par tout ce qui concerne la sexualité. Des petits garçons de 8 ou 9 ans m'ont dit ressentir des émois physiques avec un cousin ou un ami. Comme s'ils avaient, dès ce jeune âge, la conscience d'un choix sexué différent, en l'occurrence de type féminin. Comme si l'homosexualité, pour être apprivoisée, nécessitait de faire ses gammes plus précocement.

Bisexualité, homosexualité transitoire

Geoffrey, 16 ans, m'annonce qu'il est bisexuel. Il hésite sans cesse : il a des relations sexuelles avec des femmes, mais il se dit aussi très attiré par les hommes. Il se sent coupable de ne pas réussir à faire de choix.

Le père de Geoffrey est mort lorsque celui-ci avait 11 ans. Mort terrible, douloureuse, qui a fait basculer le monde du petit garçon qu'il était. Après, sa mère a eu des relations avec d'autres hommes, toujours à la maison, dans une proximité gênante pour l'enfant qui entendait les ébats amoureux. Elle se promenait souvent nue devant son fils, dans une attitude incestueuse, à la fois provocante et troublante. Geoffrey est perdu dans sa propre sexualité. La mort du père a entraîné une carence de l'image paternelle au niveau de son développement sexuel, et il vit dans une trop grande proximité avec sa mère. Il ne sait plus qui il aime et quel sexe il désire vraiment.

Roméo, 17 ans, est malheureux, perdu. Au lycée, on ne l'appelle que « Roméo et Juliette ». Un surnom terrible, et qu'il supporte mal, à juste titre. « Juliette » serait peut-être pénible, mais désignerait au moins une identité, un choix sexué. Alors que « Roméo et Juliette » dit tout le trouble de cet adolescent qui s'avoue incapable de choisir, préférant ne pas avoir de sexualité du tout, pour ne pas risquer de se sentir en opposition avec ses aspirations les plus intimes. Ce non-choix, avec tout ce qu'il suppose d'ambiguïté, a été perçu par ses pairs qui le lui rappellent de façon cruelle.

Comme Geoffrey, Roméo me semble lutter contre une homosexualité qu'il ne peut pas encore admettre parce qu'elle est trop douloureuse. Leur bisexualité supposée leur permet de se réfugier dans l'illusion.

Les statistiques de la bisexualité adulte se situent autour de 5 %. C'est dire si cette manière très particulière d'alterner relations hétérosexuelles et relations homosexuelles sans être capable d'affirmer un choix sexué est une attitude rare. Au niveau psychique, elle est souvent associée à une perversion, une impossibilité à reconnaître l'autre comme égal ou différent de soi.

Chacun d'entre nous a, je le répète, une part homosexuelle évidente. Elle remonte à très loin dans l'histoire de notre vie, quand, petits, nous avions la nécessité, pour nous construire, d'être le plus proche possible, le petit garçon de son père, la petite fille de sa mère. Lors de la phase de latence, notre rejet, voire notre mépris de l'autre sexe est, davantage qu'un choix homosexuel, un choix unisexe, qui permet de s'affirmer différent. Puis chacun traverse une phase d'homosexualité évidente, que je qualifierai de centrale, presque constitutive, avec son meilleur ami, sa meilleure amie.

Au début des années de collège, vers 12, 13 ans, c'est sacré ! On lui confie tout, on partage tout, des confidences et des rêves entre filles, des activités entre garçons. Le meilleur ami permet à l'adolescent de s'identifier à un personnage totalement idéalisé auquel il aimerait ressembler. Il projette sur lui toutes les qualités qu'il rêve d'avoir, croit fermement que l'autre les possède quand ce n'est pas vrai. Le meilleur ami, la meilleure amie, c'est un leurre, un gigantesque leurre. Mais c'est irremplaçable. On ne peut tomber amoureux que si l'on a fait ses gammes émotionnelles avec un(e) meilleur(e) ami(e). Le meilleur ami est toujours de même sexe que soi, comme si l'on se protégeait encore de la rencontre avec l'autre sexe, à laquelle on aspire mais qu'on redoute tout à la fois. Certains voient là une résurgence du complexe de castration ; disons plus simplement que le garçon a peur de ne pas assumer, de ne pas y arriver, la fille est encombrée de ses seins qui poussent et qu'elle cache.

L'entente, la complicité, l'intimité avec un(e) meilleur(e) ami(e) sont telles qu'on peut partager le même lit, et il n'est pas rare qu'il y ait des caresses, des baisers, des étreintes, des attouchements. Il s'agit d'une phase d'homosexualité transitoire, banale, qui n'a rien d'alarmant et n'est en aucun cas un diagnostic d'homosexualité. Paradoxalement même, moins on se sent homosexuel au fond de soi, moins on a d'inquiétude quant à son attirance pour son (ou sa) meilleur(e) ami(e). On n'est jamais amoureux de son meilleur ami, on cherche une réassurance de l'image de soi. Cette phase d'homosexualité est le dernier rempart derrière lequel on se réfugie par crainte de l'autre sexe, *terra incognita* fascinante tout autant qu'effrayante.

*

Un enfant a-t-il plus de risques de devenir homosexuel
s'il a un ou des parents homosexuels ?

Etre homosexuel n'empêche pas de tenir sa place de
père – ou de mère –, d'être autoritaire et de bien élever
ses enfants. Des études réalisées notamment dans les
pays d'Europe du Nord où l'adoption par les homosexuels est admise prouvent qu'il n'y a pas transmission de l'homosexualité, à partir du moment où, au
sein du couple, les deux partenaires ont des rôles bien
différenciés. Je le répète, l'essentiel, pour se construire,
est d'avoir deux pôles identificatoires. On se demande
alors pourquoi, de façon un peu curieuse, on accorde
aux femmes seules le droit d'adopter, alors qu'on le
refuse aux homosexuels.

J'ai reçu un jour un garçon de 14 ans qui me dit :
« Je suis là pour arranger les affaires de la famille » –
famille dans laquelle les rapports ont longtemps été
houleux, notamment depuis la séparation des parents,
cinq ans auparavant. C'est à ce moment que la mère a
annoncé à ses enfants l'homosexualité du père, motif
de la rupture. Elle a alors vécu avec un homme, qui a
été mal accepté. Le garçon a donc demandé à aller
vivre chez son père qui, très pudiquement, attendait
que ses enfants soient plus matures dans leur propre
vie sexuelle pour leur annoncer son choix affectif et
sexué et leur présenter son ami. Plus généralement, il
faut oser dire que l'homosexuel pudique est un meilleur modèle qu'une hétérosexuelle impudique, le fût-
elle par son seul discours.

Nier son corps

Elodie a 14 ans et se trouve très laide. C'est d'une grande banalité de se trouver laid, d'avoir des doutes sur soi à cet âge, que l'on soit fille ou garçon, mais dans le cas de cette jeune fille, particulièrement jolie et gracieuse et qui semble souffrir plus que de raison de sa supposée laideur, cela pose tout de même question. Par ailleurs, Elodie a une très forte angoisse de la mort et, depuis peu, elle dit avoir souvent envie de se faire vomir, mais demande pour cela l'aide de sa mère sans laquelle elle craint de ne pas y arriver.

L'idée de la mort occupe beaucoup les adolescents. Mais, plutôt que de la craindre, ils la provoquent souvent, adoptant des conduites à risques pour mieux se prouver qu'ils sont en vie ou qu'ils ont mérité de vivre.

Elodie, elle, n'a pas besoin de provoquer une mort déjà très présente dans son histoire : alors qu'elle était en vacances en Corse, un garçon s'est fait tuer sous ses yeux d'un coup de pistolet (ce sont des choses qui, hélas ! arrivent parfois dans ce si beau pays...), et sa grand-mère maternelle a fait devant elle un arrêt cardiaque, Elodie lui faisant des massages cardiaques et du bouche à bouche en attendant le SAMU qui ne parviendra pas à ranimer l'aïeule.

Etre adolescent, c'est se résoudre à quitter l'enfance.

Apprendre à apprivoiser une image de soi différente de celle à laquelle on était habitué sans y prêter une grande attention. L'image dit que l'on grandit, ce qu'Elodie refuse car, dans son esprit et sûrement à cause de son histoire personnelle, grandir c'est vieillir et vieillir, c'est mourir. Elle reprend en cela une thématique un peu enfantine : c'est vers 6, 7 ans que les minots, prenant conscience du fait qu'ils grandissent, se mettent à craindre que leurs parents vieillissent et meurent. Dans le cas d'Elodie, on peut se demander si elle a peur de la mort pour ses parents ou pour elle-même.

En se faisant vomir, en contraignant son corps qui se transforme pour devenir sexué, elle cherche à l'empêcher (et à s'empêcher) de grandir, et par conséquent de vieillir, comme pour tenter de retarder la mort. Si elle annule la métamorphose corporelle, elle parviendra en quelque sorte à arrêter le temps, se protégeant de la mort qui désormais la hante. Bien que non encore engagée dans la pathologie, Elodie est dans une position préanorexique.

L'anorexie éclate véritablement à l'adolescence. Rien ne permet auparavant de la repérer et de l'éviter. Une fois déclarée, elle suit un cheminement dans lequel on distingue trois phases : une phase solide, une phase liquide et une phase aérienne.

La phase solide est celle durant laquelle l'adolescente commence à sélectionner les aliments qu'elle mange afin de perdre du poids. La deuxième phase, plus complexe, est liquide : elle cherche à se faire vomir et, dans le même temps, elle boit beaucoup, pour tricher avec la balance lorsqu'elle va chez le médecin ; finalement, elle en arrive à croire que boire suffit à se nourrir. Enfin, je qualifie la dernière phase d'aérienne, parce qu'elle se caractérise par l'idée que l'on n'a plus de corps, que l'on est transparent, sans épaisseur, que l'on n'existe plus, que l'on flotte, comme en lévitation, que l'on pourrait presque s'envoler et disparaître, sans plus rien qui pèse. J'ai suivi pendant longtemps une anorexique qui comptait le nombre de fois où elle respirait, toute bouffée d'air étant susceptible de la faire grossir...

L'anorexie est toujours une volonté de ne pas avoir de corps, de ne pas être en syntonie avec le monde. Une bonne part des relations humaines passe par la nourriture. « On se fait une bouffe » : un repas partagé, c'est une solidarité, une communion autour de quelque chose qui a à voir avec une régression ou, à tout le moins, un plaisir oral. L'anorexique dénie ce plaisir comme si elle déniait toutes les phases archaïques antérieures, boire le lait de la mère, manger le gâteau amoureusement préparé... L'anorexie devient alors une forme d'ascèse. Toutes les religions ont imaginé que se priver, jeûner était un signe de foi. Ne pas manger, c'est respecter Dieu, devenir comme Dieu. En refusant de se nourrir, les anorexiques nient la part et l'apport du monde nécessaire à la vie terrestre, elles ne sont plus que pure pensée, pur esprit, dans un sentiment de toute-puissance et de mégalomanie.

Il y a, parmi les anorexiques, différentes structures psychiques. Certaines sont hystériques, d'autres obsessionnelles, d'autres encore psychotiques, mais toutes se retrouvent dans une même négation du corps en relation avec un monde qu'elles provoquent sans cesse. Leur refus de s'alimenter est comme une drogue à laquelle elles s'accrochent. L'anorexie apparaît alors comme une forme d'addiction par le moins, en creux, quand les autres addictions sont toujours dans le plus, le trop, le trop-plein.

Cette négation du corps, si caractéristique, se manifeste jusque dans la façon qu'elles ont de se suicider. Défenestration, pendaison, se jeter sous une rame de métro... Le creux crée la faille, le vide, le précipice, et les suicides sont terribles, toujours destructeurs d'un corps dont elles font de la charpie, montrant par là une dernière fois le dégoût et le mépris dans lesquels elles le tiennent.

Un trouble de l'identité sexuée

Etienne, 15 ans, anorexique, est soigné au centre Arthur. C'est un garçon sympathique, séduisant, qui a de bonnes capacités. Mais il refuse de s'alimenter, se fait régulièrement vomir.

Depuis la mort de son père, il a été élevé par sa mère, qui a de grandes craintes pour la vie de son fils et se montre très agressive avec nous, avec toute l'institution médicale. Etienne va un jour me confier qu'il vient d'apprendre que sa mère a maintenant un homme dans sa vie. Ce qui me paraît très significatif, c'est qu'il commente cette nouvelle d'un « ouf », par lequel il exprime un soulagement réel. Cette relation amoureuse vient sans doute mettre un terme à une histoire trop fusionnelle entre la mère et le fils, qui, pendant des années, ont fonctionné comme un véritable couple. Nous nous étions déjà demandé si l'anorexie d'Etienne n'était pas un moyen de se défendre contre une trop grande proximité incestueuse avec sa mère. La façon dont il annonce que celle-ci a un amant confirme cette hypothèse : ce garçon refusait d'avoir un corps sexué, pour ne pas risquer de devenir héros d'une tragédie, tel Œdipe, sa mère exerçant sur lui une sorte de contrainte affective, de pression amoureuse. Sur les photos, la ressemblance physique entre le père et le fils est d'ailleurs tout à fait évidente, le second devenant pour la mère une représentation parfaite de son mari disparu.

L'anorexie a longtemps été une maladie presque exclusivement féminine. Aujourd'hui, les adolescents aussi en souffrent. Peut-être parce que la préoccupation esthétique des garçons est plus vive qu'elle ne l'était hier, ils sont plus sensibles à leurs formes, à leur apparence. Ou peut-être simplement parce qu'ils sont davantage pris en charge.

Mais, chez les garçons comme chez les filles, on retrouve une même difficulté à quitter l'enfance, un désir de rester dans une position très symbiotique avec la mère, avec laquelle ils entretiennent une relation pour le moins ambivalente. Dans l'anorexie, c'est le plus souvent la relation à la mère qui est mise en exergue, même si j'ai vu de nombreuses adolescentes pour lesquelles le père était vécu comme menaçant, jaloux, donc incestueux.

Estelle avait 11 ans lorsque son père lui a un soir caressé les seins dans la voiture. Comble du comble, le lendemain, il est venu s'excuser auprès d'elle. Elle pensait qu'il ne l'avait pas fait exprès, mais puisqu'il s'était excusé, elle savait désormais que son geste n'était pas un hasard, qu'il traduisait un comportement pour le moins équivoque.

Sophie, 14 ans, s'est fait reconduire chez elle par son petit copain après une soirée. Près du portail, ils s'embrassent, se caressent. Le père de Sophie les observe derrière les jalousies entrouvertes. Il n'intervient pas mais, quand sa fille rentre enfin, il lui fiche une paire de claques et la traite de salope. Par sa conduite lâche et voyeuse, il montre à sa fille qu'il l'aime, mais pas comme un père, comme un homme jaloux de ce corps dont il se sent propriétaire.

Estelle et Sophie sont toutes deux anorexiques, niant ainsi un corps désiré de façon incestueuse. D'autres se plaignent du regard paternel sur leurs formes naissantes et des allusions qui l'accompagnent. Je ne prétends pas que ce soit là la cause de leur anorexie, mais cela vient les renforcer dans leur refus d'un corps sexué. On retrouve cette même crainte incestueuse chez Etienne, qui ressent la nouvelle relation amoureuse de sa mère comme une libération, même si cela ne suffit pas à le guérir de sa maladie.

Pour les garçons comme pour les filles, l'anorexie est refus du corps pesant, encombrant, refus d'un corps sexué que l'on nie par crainte de la sexualité qu'il autorise désormais. Les anorexiques ont alors beaucoup de mal à accepter l'apparition des caractères sexuels secondaires, elles font tout leur possible pour les annuler et sont en général tout à fait satisfaites de ne pas avoir de règles. Bien sûr, l'aménorrhée a des causes physiques, la violence de ce qu'elles se font subir entraînant des dérèglements organiques importants, mais il ne faut pas négliger la part de psychique qui vient s'y superposer. « Je n'ai pas de corps. Je n'ai pas de sexualité. Je n'ai pas de règles pour me rappeler ce corps que je veux oublier, anéantir. »

Trouble de l'identité sexuée, l'anorexie est également une maladie asexuée, dans le sens où elle annule le sexe. Une fille qui ne veut pas devenir femme, un garçon qui ne veut pas devenir homme, non par désir d'appartenir à l'autre sexe, mais pour annuler une sexualité possible. Les anorexiques redoutent les regards, éprouvent peu de désir qui viendrait les confronter à un autre corps, se masturbent peu ou pas, refusant par là toute prise de conscience et de contact avec leur propre corps.

Environ un tiers des anorexiques que j'ai suivies depuis l'adolescence se sont installées dans la chronicité, et ont des vies très particulières, souvent isolées, et sans aucune sexualité. D'autres s'en sortent. Je continue de suivre actuellement sept d'entre elles qui sont devenues mamans. Chacune a pris jusqu'à neuf kilos durant sa grossesse, a allaité son enfant, prend plaisir à lui prodiguer des soins autant que des câlins, et se montre très attentive à sa courbe de poids. Elles-mêmes disent avoir repris possession de leur corps, corps sexué, corps aimant, corps capable d'éprouver le plaisir, de porter un enfant. Un corps susceptible de donner la vie, donc un corps vivant, existant, quand elles l'ont nié durant des années. La grossesse et l'enfantement – mais aussi sûrement l'amour –, avec tout ce qu'ils supposent de corporalité, sont venus clore une histoire, un passage douloureux, et ces sept jeunes femmes peuvent être considérées comme guéries.

Aimer

Ce sont deux jeunes trisomiques. Je les ai suivis durant toute leur enfance, qu'ils ont passée en grande partie dans le même institut médico-éducatif. Ils ont aujourd'hui 25 et 26 ans et se retrouvent dans un CAT (centre d'adaptation par le travail). Lui cultive des légumes bio qu'il vend ensuite sur les marchés ; elle travaille à l'empaquetage des savons de Marseille où elle est une excellente ouvrière, la meilleure du CAT.

Ils viennent me voir pour m'annoncer qu'ils veulent vivre ensemble, dans un studio un peu plus grand que celui que chacun occupe actuellement...

Je dois l'avouer, je suis surpris tout autant qu'émerveillé par ce qu'ils me racontent. Très banalement, je pensais qu'ils avaient réussi parce qu'ils travaillaient et étaient autonomes. Leur réussite est bien plus grande, et aussi bien plus belle : ils sont amoureux, d'un amour qui remonte à l'enfance, et veulent vivre ensemble, comme tous les amoureux du monde. De façon un peu scandaleuse, j'avais annulé le fait que des handicapés puissent être amoureux. Il faut bien reconnaître que les enfants handicapés, qui, du fait de leur fragilité, sont souvent l'objet d'un amour très puissant de la part de leurs parents, restent pour la plupart fixés dans une phase œdipienne archaïque, très amoureux de leur mère, très attachés à leur famille et à ceux qui prennent soin d'eux. Ces deux-là nous montrent qu'ils peuvent faire preuve d'autonomie, choisir de s'aimer. Leur conquête est une conquête personnelle.

Mais l'amour, entre filles et garçons pubères, suppose aussi une sexualité. Et c'est là, on l'a vu, un sujet d'inquiétude. Dans le même temps qu'ils redoutent et déplorent que leur enfant n'ait jamais de vie amoureuse, les parents redoutent qu'il ait une sexualité, risquant alors de donner naissance à un nouveau-né handicapé lui aussi, répétant ainsi une histoire douloureuse.

Dans le cas des trisomiques, la possibilité de mettre au monde un enfant trisomique est de 50 %, un risque multiplié par deux lorsque les deux partenaires sont atteints de cette malformation chromosomique, ce qui est le cas de nos jeunes amoureux. D'ailleurs, lorsque nous aborderons la question de leur sexualité, la jeune femme m'expliquera, avec ses mots à elle, qu'elle est faite de baisers, de caresses, mais de peu de rapports, l'un et l'autre craignant d'avoir un enfant qui soit comme eux. Elle exprime alors, de façon bouleversante et pathétique, la castration psychique et affective qu'engendre le handicap.

L'amour est la grande affaire de notre vie. L'amour est aussi une maladie, une véritable névrose : c'est avoir besoin d'un(e) autre qui nous est indispensable.

Au risque de choquer, je dirai que, pour l'enfant, au début, l'amour est une sorte de forçage. Les parents se croient en effet dans l'obligation d'aimer leurs enfants, ce qui est malgré tout assez nouveau. Pendant des années, voire des siècles, les enfants, nombreux, n'étaient pas aussi (sur)investis, aussi sacralisés qu'aujourd'hui. Pour être tout à fait honnête, je pense que les parents aiment l'enfant imaginaire qu'ils projettent sur l'enfant réel ; en retour, les enfants aiment leurs parents, mais ce sont souvent des parents imaginaires, meilleurs que ce qu'ils sont en réalité. L'amour est un miroir, une mise en abîme, la rencontre de deux imaginaires, de deux illusions. On le verra à l'adolescence quand les enfants n'auront de cesse de démolir les images parentales idéales qui les ont aidés à grandir et de s'ajuster aux parents réels, pas forcément mauvais mais beaucoup moins bons que ce qu'ils avaient cru. Dans le fond, l'enfant s'entraîne à aimer, les parents servant de brouillon à l'amour. Entre eux, en effet, l'amour ne va cesser d'évoluer, afin de laisser la place à d'autres objets d'investissement.

Il y a de grandes histoires d'amour dans l'enfance. Pas seulement l'amour œdipien pour le père ou la mère, mais aussi l'amour pour une nounou, une institutrice, ou encore pour un enfant de son âge. Si la phase de latence est dénuée d'émois sexuels, elle n'est pas dépourvue de sentiments et voit fleurir de splendides histoires d'amour. Une petite fille de 8 ans me déclara un jour, non sans fierté : « Tu sais, j'ai un "garçoncé". » Comme je m'étonnais du terme que je ne connaissais pas, elle m'expliqua : « Eh bien oui, on dit "fillancée", mais c'est pour les garçons quand ils aiment une fille, alors moi, puisque je suis une fille, j'ai un "garçoncé". »

Histoires d'amour poétiques, non sexuelles, et qui souvent provoquent les sarcasmes des petits camarades. « Bouh ! Les amoureux ! », se moque le groupe en voyant un garçon et une fille de leur âge se balader dans la cour, main dans la main. Leurs sentiments sont pourtant purs, un peu naïfs, exclusifs, parfois jaloux. Ces couples miniatures reproduisent ce qu'ils perçoivent de l'amour chez les adultes qui les entourent, une façon d'être ensemble, tendres, doux, prévenants, attentifs. Je rencontre souvent ces jeunes amoureux chez des enfants de couples séparés, comme s'ils recréaient ce qui a disparu et dont l'absence les fait souffrir.

Pour les autres, les sentiments existent, mais leur expression est inhibée. Je n'oublierai jamais Nicole et Paula, ces petites filles dont j'étais éperdument amoureux en CM1, mais que je n'osais aborder. Dès qu'elles passaient, je me cachais, derrière un arbre, derrière les jalousies des fenêtres, pour le seul bonheur de les regarder. Leur vision et les images qu'elle provoquait en moi étaient sans doute plus riches en émotions que tous les mots que nous aurions pu échanger alors. Etais-je incurablement timide et romantique, ou cherchais-je inconsciemment à me protéger d'une déception possible ?

L'amour n'est-il pas encore plus merveilleux quand on n'agit pas ? Imaginez un village en Corse. C'est l'été, il fait chaud, et vous dormez, fenêtres et volets entrouverts pour laisser passer un peu d'air frais. Le rideau léger vole... Vous parviennent alors les premières notes d'une sérénade jouée pour vous par un inconnu, juste sous votre fenêtre. Vous vous levez pour l'apercevoir, mais déjà il s'est échappé... Le lendemain, la sérénade recommence. Et le surlendemain encore... Chaque soir, en vous endormant, vous rêvez. Ce musicien inconnu, vous l'imaginez, le parez de toutes les beautés, de mille qualités. Et puis voilà qu'un soir il se laisse surprendre et, au lieu du prince charmant, vous découvrez un gnome affreux, bossu, tordu, boiteux. Fin du rêve.

La latence, c'est rester dans le lit et se contenter des émotions que procure la rêverie. A l'adolescence, on ne veut plus se contenter de rêver. L'amour, au sens de partage de sentiments et de sexualité, prend toute sa dimension. Amour fou, romantique, passionné, tourmenté... tout peut se jouer, toujours dans l'excès et l'exaltation.

Edouard, 15 ans, est très amoureux. Mais, alors qu'il effectuait un raid en Laponie pendant les vacances, sa petite amie a renoué avec son ex, l'a dit à Edouard et lui a demandé par la même occasion de l'aider à « ne plus être comme ça ». Edouard est malheureux de la conduite volage de son amie, mais quand je lui recommande de casser la relation, il hésite. Il est en permanence provoqué par cette fille qui joue avec lui et avec ses sentiments. Elle est une jongleuse, et lui l'objet qu'elle lance en l'air. Alors que certains ne le supporteraient pas, il y prend un certain plaisir, esthétique et romantique. Etre ainsi manipulé lui procure l'impression d'être en vie.

On dit du sentiment amoureux qu'il est une reviviscence de faits anciens, d'émotions déjà éprouvées dans la petite enfance, mais oubliées ; tout amour serait la recherche d'un paradis perdu. Disons que le choix d'objet se fait en deux temps, au moment de la période œdipienne et à la puberté. Mais entre les deux, il y a le refoulement de la latence, et du premier choix d'objet ne subsiste plus que ce qui va constituer le

« courant tendre » de la vie sexuelle. Le second choix d'objet de la puberté s'affirme en tant que « courant sensuel », certains éprouvant parfois des difficultés à réunir ces deux courants sur un même objet, ce qui explique quelques désillusions.

Peut-on jamais savoir à quoi obéit le choix amoureux à l'adolescence ? Il est en tout cas intéressant de l'observer pour tenter de le comprendre. Longtemps, l'enfant a cru que ses parents étaient tout, pouvaient tout, même satisfaire ses moindres désirs. La désillusion qu'il ressent explique son besoin de se tourner vers d'autres pour combler ce qui apparaît comme un manque. Si tomber amoureux suppose de s'être suffisamment éloigné et détaché de ses parents, cela n'empêche pas que le choix amoureux puisse se faire, du moins inconsciemment, en fonction des images parentales. On peut ainsi tomber fou amoureux d'une fille qui ressemble à sa mère (ou qui a avec elle certains points communs, que ce soit dans le caractère ou dans l'apparence physique) ou d'un garçon qui ressemble à son père. On peut tout aussi bien s'éprendre de quelqu'un qui soit à l'opposé des images parentales, ce qui, pour les psychanalystes, revêt la même signification. Le choix s'explique toujours par opposition ou par similitude ; c'est soit un rapprochement symbolique avec les parents, soit une prise de distance, mais, dans tous les cas, il apparaît comme une réponse à l'environnement immédiat et à l'histoire personnelle. Il n'est pas rare non plus de tomber amoureux de quelqu'un qui ressemble à son frère ou à sa sœur ; l'adolescent peut également faire un choix de type narcissique, chercher dans l'autre un exact reflet de lui-même, ou un peu différemment, celui ou celle qui ressemble le plus à l'idéal de soi que chacun se construit justement au cours de l'adolescence.

Une chose est sûre : les filles ont bien du mal à s'éprendre d'un garçon de leur âge et, entre adolescents amoureux, il y a le plus souvent trois années de différence, le garçon étant toujours plus âgé que la fille. Lequel d'entre eux, à 14 ou 15 ans, n'est jamais tombé amoureux d'une fille qui lui a préféré un « vieux » de 18 ans, lequel venait la chercher à la sortie des cours en voiture, pouvait lui offrir un café à une terrasse ou, mieux encore, l'inviter au restaurant ?

Malgré la marche vers l'égalité entre les hommes et les femmes, la plupart des filles sont toujours en position d'être séduites, conquises ; et il manque aux garçons de leur âge les outils matériels nécessaires à leur conquête. Ce n'est là qu'une des différences entre les deux sexes.

Des parents adolescents

Je reçois un garçon de 15 ans pour la seconde fois. La première fois, c'était il y a un an à peine, sa petite amie venant alors de subir une IVG. Mû par une sorte de réflexe aussi stupide que hâtif, j'avais eu tendance à juger un peu arbitrairement ces parents précoces : ils n'avaient qu'à faire attention, prendre les précautions qui s'imposent.

Mais voilà que ce garçon revient pour la même raison : sa petite amie vient de subir une seconde IVG. Il m'a bien fallu, alors, me poser quelques questions car j'ai du mal à croire aux étourderies à répétition et aux enfants conçus par hasard.

« On ne m'a pas demandé mon avis, a-t-il raconté. Moi, je voulais cet enfant. Je sais que je suis un peu jeune, mais on se serait débrouillés. Le plus dur, ça aurait été pour le lait, car mon amie ne voulait pas allaiter. » Malgré sa jeunesse – trop souvent associée à une immaturité –, cet adolescent avait tout prévu, montrant qu'il ne s'était pas contenté de « tirer un coup » comme on le croit de façon quasi systématique ; il était réellement désireux d'avoir un enfant, d'accéder à la paternité. Il rêvait d'une petite fille, « parce que les filles, ça vit, disait-il, alors que les garçons, ça meurt ». Le malheureux avait eu trois frères, les trois étant morts durant l'enfance.

Plus encore peut-être que les adultes, les adolescents cherchent, à travers un enfant, à compenser une histoire personnelle. Avoir un enfant qui vit, comme ce jeune garçon, pour en finir avec la fatalité des enfants qui meurent trop tôt. Ou, dans d'autres cas, avoir des enfants pour qu'ils soient meilleurs que soi, plus beaux, plus performants, plus brillants.

On dénombre chaque année en France environ 10 000 grossesses adolescentes, avant 18 ans. Sur ces 10 000 grossesses, seules 1 000 sont menées à terme, donnant naissance à 1 000 petits couples qui s'installent et durent, 1 000 enfants souvent gardés par des grands-parents qui font office de parents quand la mère et le père sont davantage considérés comme grande sœur et grand frère. Dans les 9 000 autres cas, la grossesse adolescente débouche sur une IVG.

Si cette IVG reste profondément enchâssée dans la mémoire et peut avoir des séquelles dans le devenir maternel, elle est aussi une garantie de maternité. On passe de l'hypothèse à la certitude de sa fécondité. « Je peux avoir des enfants, mais je ne suis pas prête. » Dans la grande majorité des cas, l'enfant n'est pas investi en tant qu'objet, et s'il y a imaginaire de grossesse, il n'y a pas imaginaire d'enfant, dont il faut faire le deuil.

On ne se félicitera jamais assez du progrès que représente l'IVG et de l'attention portée à ces jeunes mères, souvent malgré elles. Mais si les filles sont soutenues, qu'en est-il des pères ? Qui s'y intéresse jamais ? Qui leur demande leur avis ? A qui peuvent-ils se confier quand on les stigmatise un peu vite en les traitant d'inconscients, quand ce n'est pas de « petits salopards » ? Pour ma part, je suis partisan d'un accompagnement au plan psychologique de ces garçons qui, pour certains, subissent ce que l'on pourrait désigner sous le terme d'IPG, interruption psychique de grossesse – et de paternité.

L'histoire que je viens de raconter est d'autant plus rare que, en général, ce sont les filles, les femmes, qui rêvent de maternité, pas les hommes et encore moins les garçons. Ce sont les femmes qui désirent les enfants, qui les portent, qui les mettent au monde et qui continuent de les élever, quoi qu'on en dise. Les hommes, eux, s'adaptent. Vision rétrograde de la répartition des rôles ? Tout changera le jour où, par un de ces tours de passe-passe dont la science a le secret, les hommes pourront à leur tour porter un bébé, créant avec lui cette intimité fusionnelle dont ils ignorent tout, quelle que soit par ailleurs leur présence auprès de la mère et de l'enfant. Mettre au monde la chair de sa chair, une part de soi que l'on a fabriquée, nourrie, protégée neuf mois durant, s'aimer assez pour se dupliquer ainsi, se reproduire.

J'ai envie de dire que l'amour est féminin. Et certaines femmes arrivent parfois à faire que les hommes y croient aussi. A moins que certains hommes n'exacerbent leur part féminine en étant amoureux. Bien loin de la pédopsychiatrie, je suis frappé par le nombre de suicides chez les veufs de soixante-dix ans et plus. La femme, elle, survit au chagrin d'amour parce qu'elle continue de rêver à l'amour. Quand l'homme ne peut plus être aimé, il se tue. Selon l'historien Georges Duby, il ne peut plus vivre parce que la femme représente le foyer. Ce qui est vrai et en même temps réducteur. La femme, ce n'est pas que le foyer, les chemises repassées, les repas préparés ; c'est aussi, surtout, le sentiment amoureux qu'elle réussit à induire chez son compagnon. Un sentiment qu'il comprend enfin lorsqu'il le perd.

*

A quel âge doit-on leur parler d'amour ?

L'amour, comme la sexualité, est une conquête intime et personnelle. Je crois que c'est grâce à la capacité des parents à ne pas parler d'amour – en tout cas de leur(s) amour(s) – que les enfants inventent leur propre histoire. Imaginons une mère parlant d'amour à son fils ; il peut l'entendre comme une déclaration à son égard, un désir maternel de l'aimer davantage, d'une autre façon. Il y a là une part fantasmatique incestueuse qui peut être préjudiciable. A trop parler de soi, souvent en enjolivant son histoire personnelle, on peut également se mettre en compétition avec son adolescent, lui laissant supposer qu'il aura bien du mal à connaître les mêmes élans, les mêmes frissons. Il me semble que certains livres, certains films parlent d'amour mieux que les parents ne pourront jamais le faire.

Quelle attitude adopter face au petit ami ou à la petite amie ?

Il faut trouver une distance respectueuse, prendre le temps de se connaître et de s'apprivoiser. Sans doute les parents doivent-ils partir avec un a priori favorable, se gardant de toute condamnation comme de tout enthousiasme excessif, l'une et l'autre étant une façon de se mettre en position de rival(e).

Doit-on accepter que le petit ami ou la petite amie dorme à la maison ?

Je crois qu'on a aujourd'hui tendance à l'accepter un peu trop vite et sans réfléchir. Il me semble que l'attitude des parents est très ambiguë : d'un côté, ils veulent que les – grands – enfants s'autonomisent et quittent la maison, mais de l'autre ils font tout pour qu'ils s'y sentent le mieux possible, ce qui est tout de même assez contradictoire.

Accepter le petit ami ou la petite amie est une captation des adolescents et relève à mon sens de l'abus. Il faut en effet qu'il y ait parfaite étanchéité entre la sexualité des parents et celle des enfants. Fantasmatiquement, il est très troublant de savoir son enfant en train d'avoir des relations sexuelles à deux pas de sa propre chambre... Cette proximité est comme une impudeur qui ne peut entraîner que de la gêne. Personne n'a rien à y gagner. Que le petit ami vienne dormir quand les parents ne sont pas là, c'est autre chose. Pour le reste, laissons à nos adolescents le soin de faire preuve d'un peu d'imagination et de se débrouiller sans nous. Cela leur permettra au passage de mesurer la force de leur désir. Plutôt que de les encourager à être, dès le début de leur histoire sexuelle, des petits couples sages et rangés, offrons-leur la possibilité de rêver, de se découvrir, de se surprendre et d'inventer. C'est là une partie du plaisir du jeu sexuel que je leur souhaite de préserver le plus longtemps possible.

En guise de conclusion

Plaidoyer pour la pudeur

L'un de mes maîtres rend un jour visite à sa fille et à son gendre, parents d'une petite fille à laquelle le grand-père voue une grande tendresse. Ce couple tout à fait sympathique possède une particularité : il est naturiste, au sens presque radical du terme puisqu'il ne profite pas seulement des vacances pour l'être. A Paris comme ailleurs, les parents, comme leur fille, sont nus dès qu'ils le peuvent.

Lorsque le grand-père vient les voir, il prend soin de s'annoncer à travers la porte, afin de leur laisser le temps de se couvrir, ne serait-ce que du strict minimum exigé par la décence. Seulement, à Paris, en plein hiver, pour pouvoir être nu sans avoir froid, il faut surchauffer les appartements. Et voilà que le grand-père, après quelques instants, éprouve un malaise dû à la trop grande chaleur régnant dans les lieux. Il réclame donc de pouvoir prendre une douche fraîche, ce qu'il fait, oubliant de fermer la porte de la salle de bains. Il est bientôt surpris par sa petite-fille qu'il n'a pas entendue venir. Très naturellement, elle entre sous la douche et lui tapote le sexe, ce qui provoque une réaction très vive de la part de son grand-père : « Tu t'en vas tout de suite, je ne veux pas que tu me voies, j'ai besoin d'être tranquille. »

Très perturbée par cette réaction à laquelle elle n'est pas habituée, la fillette, alors âgée de 2 ans et demi, se réfugie dans les bras de sa mère en pleurant, puis lâche : « Papy, c'est le papa de maman. » Ainsi la petite pressent-elle, malgré son jeune âge, que celui qui dit « non » est celui qui a le pouvoir. C'est par l'interdiction, la frustration que le nom du père apparaît. Elle reconnaît son grand-père comme « papa de sa maman » : ayant autorité sur sa mère, il peut aussi avoir autorité sur elle et sur la famille. Il est le grand *pater familias*, représentant de la loi et d'une autorité transgénérationnelle.

Il ne s'agit pas ici de dénoncer le naturisme. Se mettre nu quand on est seul pour se baigner ou profiter du soleil peut être un beau moment de symbiose avec la nature, mais je crois que cela doit rester exceptionnel. Entre adultes déjà, l'exhibition de son anatomie, en dehors de circonstances intimes, n'est pas tout à fait anodine. Avec les enfants, elle est parfois source de malaise : comme si les parents, ignorant que leurs enfants éprouvent de l'excitation sexuelle et du désir à leur endroit, ne soupçonnaient pas à quel point leur nudité peut provoquer de trouble et de gêne. Je n'insinue pas que les naturistes seraient fondamentalement ambigus, créant ainsi des dommages chez leurs enfants ; mais, sous prétexte de liberté, ils leur imposent une norme arbitraire.

A ce propos, il me faut raconter une anecdote. Avec une équipe du service de pédopsychiatrie de l'hôpital Sainte-Marguerite, j'étais allé étudier le comportement des enfants des naturistes de l'île du Levant. Là, tout le monde se baladait entièrement nu, que ce soit à la plage, au café ou au supermarché... Les enfants suivaient, bien sûr, et sans rechigner, mais le plus étonnant fut sûrement l'observation que nous avons faite en les regardant jouer sur la plage. Organisaient-ils des jeux de ballon ? Construisaient-ils des châteaux de sable ? Non, dans un bel ensemble, tous les enfants s'amusaient à s'enfouir dans le sable. Ils couvraient une nudité imposée, soustrayant aux regards un sexe qu'ils étaient obligés d'exhiber. Ces enfants souffraient peut-être d'être contraints à la nudité à un âge où ils commencent à vouloir cacher leur corps pour mieux se l'approprier.

Les malentendus surviennent quand les parents, méconnaissant ce stade naturel de la pudeur, interprètent cette envie de se couvrir comme une peur du corps, un signe de malaise. Voilà qui pose tout le problème de l'éducation : dans le domaine si particulier qu'est la sexualité plus encore que dans tout autre, je suis convaincu que tout le travail des parents consiste à observer le développement de l'enfant et à s'y adapter, plutôt que de lui imposer un cadre rigide, défini par eux seuls. Les parents doivent être les témoins de l'évolution sexuelle de leur enfant. Des témoins pudiques et respectueux, jamais intrusifs, capables de rester à cette bonne distance qui rassure et protège.

A l'époque de nos parents et grands-parents, la sexualité était synonyme d'interdit, toujours entachée de culpabilité et d'hypocrisie. L'évolution des mœurs, la libération sexuelle ont heureusement contribué à la rendre moins honteuse. Mais entre le tout-interdit d'hier et le tout-sexualisé d'aujourd'hui, sans doute existe-t-il un juste milieu : celui d'une sexualité vécue librement, mais qui reste avant tout, et à tous les âges, à chaque étape du développement, une conquête et une histoire intimes. C'est par la pudeur – je ne dis pas pudibonderie –, pudeur des corps, pudeur des mots, pudeur des attitudes, que nous parviendrons à aider nos enfants dans ce qui est l'un des fondements de la vie humaine.

Table

Du même auteur :

Elever bébé : de la naissance à six ans, en collaboration
   avec Christine Schilte, Hachette Pratique, 2002.
Frères et sœurs, une maladie d'amour, en collaboration
   avec Christine Schilte, Fayard, 2002.
Vouloir un enfant, en collaboration avec René Frydman et
   Christine Schilte, Hachette Pratique, 2001.
Œdipe toi-même ! Consultations d'un pédopsychiatre,
   Editions Anne Carrière, 2000 ; Le Livre de Poche, 2002.
Comprendre l'adolescent, en collaboration avec Christine
   Schilte, Hachette Pratique, « La grande aventure », 2000.
Huit textes classiques en psychiatrie de l'enfant, ESF
   éditeur, « La vie de l'enfant », 1999.

Composition réalisée par IGS-CP

Imprimé en France sur Presse Offset par

BRODARD & TAUPIN

GROUPE CPI

La Flèche (Sarthe).
N° d'imprimeur : 31241 – Dépôt légal Éditeur : 61524-09/2005
Édition 01
LIBRAIRIE GÉNÉRALE FRANÇAISE – 31, rue de Fleurus – 75278 Paris cedex 06.

ISBN : 2 - 253 - 10944 - 4   ◈ 31/0944/4